關於他和她的30個情境思辯題

男女日常
15／16

如何使用本書

你還在問「中學生應否談戀愛嗎？」面對這問題，如果還停留在 15/16 的狀態，很明顯這思想已經太老舊了吧。如果愛是人與生俱來不可或缺的感覺，不如就讓我們不限年紀，一起來研究男女日常戀事中會生起的 15/16。愛，很簡單，也很不簡單。

這本書集合了 30 個難題，每個都是從男女的真實感情生活中挖掘出來，每篇各由不同的生活情境導入，並以男生和女生的角度回答和解讀。

當中的男女角度會以 15 和 16 兩個數目字來表示，在閱讀的時候，不妨猜猜每篇 15 和 16 所代表的性別，估計能夠全部猜中的讀者不多，你也來考驗一下自己吧！

♥ 為了令本書的內容更易消化，所有的問題會被分為三個難度，每個難度包含 10 題。建議你由一星難度開始讀，慢慢消化、逐步深入。假如你堅持要從三星難度開始，不會阻你，後果自理！

♥ 讀畢所有難題後，附錄的部分會提供一堆兩性相處的實用技巧，讓你預見使用了技巧之後的可能效果。雖然不是每個技巧都會適合每一個人，但仍可作為參考，建議你從中挑選一些能令你感覺舒服，認為比較簡單易用的技巧，先測試一下伴侶的反應，如效果滿意，然後再回來尋寶。

♥ 再看下去，你會發現有些 Q&A 的題目，別以為自己眼花，為何還有問題呢？原來，這些都是作者多年來在網上論壇回答網友的精華節錄，有空就看看吧，相信會對你有一定幫助！

為了讀起來更有真實感，插畫師會為每個難題繪畫漫畫，令你更容易和現實情境聯想起來，看得更投入，當中很可能已有你曾遇上過的情境難題呢。只要用心閱讀和實踐本書的內容，你將無法不因本書而受益，成為自己愛情生活的贏家。還等甚麼？馬上就開始看本書吧！

祝你和伴侶有個美滿難忘的閱讀經歷和人生！

關於 What2believe

面對感情問題，大部分人都不夠理性，所以必須找個智者替他們分析。本書的作者 What2believe 就是這方面的智者，他明白到兩性關係的問題不只是「情情塔塔」，而是人生，感情問題影響了我們整個人生的好與壞。

阿寬（陳慶嘉）
兩性專欄作家、編劇及導演

What2believe 有別於一般愛情小說、兩性關係專家、心理學家，他放下以世俗文化、關係輔導、現代心理學的角度去解釋愛情，而是以另類角度，去闡解人世間各式各世、錯綜複雜的關係，以淺白易明的文字，配以具體的生活事例或比喻，將艱深奧妙的快樂之道，一一闡述。

鐘源
網台主持

快樂是來自我們的思想，一個健康及客觀的思想模式令我們的心靈得到真正的快樂。正如 What2believe 所說：「一個快樂的人生並不取決於固有條件的多少和好壞，而是一個人如何看待固有條件的角度和心態。」

關秀娟
註冊臨床心理學家

已留意 What2believe 的文章一段時間，他對兩性相處及愛的睇法有獨特的見解。我是經歷過重大的傷痛，仍處於自療階段的人，透過 What2believe，我才得以舒懷，有所領悟，放開不快的經歷，勇敢地面對將來。

peoplear
香港網友

What2believe 就是扭轉我對生命看法的人，他給我生命路牌的指示，我跟著指示從而走出困境……我現在的改變是發自內心的，喜從心而發，亦能真心原諒我先生的過去。

catcatapril
香港網友

《男女日常 15/16》
目錄

一星難度

情境題

1.1

不懂我需要甚麼，是因為不夠愛我？

和男友已交往三年，但你發現對方並不懂你，經常不知道你真正需要的是甚麼，令你非常難受。你很希望你愛的人能夠懂你，可是期望愈大，失望愈大，你開始懷疑對方是否因為不夠愛你，所以不願意去了解你。

如果

面對這些情況，你會認為對方不懂你，是因為不夠愛你嗎？

15

我認為是對方不夠用心，才會一直都不懂我。

16

不懂情人的需要，未必是因為愛得不夠。

15

我認為是對方不夠用心，
才會一直都不懂我。

如果真的重視一個人，自然會主動及深入了解對方的需要和想法。愛一個人，就要心甘情願為對方付出。搞懂另一半的需要，這是作為伴侶最基本的付出，連最基本的事情都不願意去做，還談得上是愛嗎？

16

不懂情人的需要，
未必是因為愛得不夠。

兩個人走在一起，互相照顧和關懷，不就是
愛的重點嗎？搞懂自己都不容易，何況要搞
懂另一個人？所以我認為，懂不懂一個人與
愛不愛一個人是兩回事，不可混為一談。

想深一點

不少男生都以為自己很懂另一半，其實他們懂的只是一些關於對方的「資料」，並非真正的懂。在與情人的相處過程中，很容易碰上各種基於不了解而產生的誤會和衝突。結果，男生便簡單地認為女生缺乏邏輯，難以理解，並採取敷衍和迴避的消極態度去應對她的指責，致使關係不斷惡化。

但在女生眼中，愛一個人自然會想方設法搞懂對方，為他付出一切，如果無法做到，便是愛得不夠的瑕疵，必須正視。因此，女生經常會因為情人不夠了解自己而抱怨，總覺得對方不夠重視和愛自己。大多數女生，都渴望在親密關係中被所愛的人深深了解，因為真正的被懂，能產生強大的安全感和親密感，這有助大幅減少雙方的誤解，並能提升相處的和諧度與樂趣。

很多人（尤其是男生）都以為自己對另一半瞭如指掌，起碼對對方的性格、喜好、習慣和背景都清清楚楚；但事實上，為何仍然有那麼多的情侶或夫妻，在日常相處中感到難以溝通，並經常因誤解而爭吵呢？顯然，不懂異性是

普遍的社會現象，你的另一半搞不懂你當然也不足為奇，更不能反映這是不夠愛你的表現。

由於男女心理的差異非常巨大，甚至是相反的，要搞懂異性，絕非易事。除了在日常相處中觀察和領悟外，還需要把自己一直堅信的好壞和對錯觀念暫時放下，你才能真正明白和接受異性的思維模式和價值觀。

愛你的人可能是你現任男友或丈夫，但他不一定懂你；懂你的人或許是個很懂異性心理，善於花言巧語的人，但這個人也不一定愛你。**愛你和懂你並沒有必然關係。**因此，不必期望愛你的人懂你，只要你確定彼此是相愛，多給予包容和引導，一同放下固有的思維，互相用心留意對方行為背後的動機，便能領悟異性與自己在思維上的根本差異，自然地，愛你的人也會真正懂你。

1.2

女友問我為何不和她分享心事？

情境

女友經常向你傾訴心事，無論是關於家庭、工作、朋友，或者是自己的情緒，反正是關於她的一切，都很樂意和你分享，你也很自然成為了她最主要的傾聽對象。有一天，她突然問你為何不和她一樣，多和她分享你的心事呢？

 如果

你從來沒有向別人分享心事的想法，會如何回應女友的要求呢？

15

直接告訴她，我沒有分享心事的需要。

16

我會嘗試跟女友分享心事。

直接告訴她，
我沒有分享心事的需要。

如果我需要女友為我提供意見，或者一起決
定甚麼事情，我自然會主動提出。而我亦很
樂意繼續聆聽女友向我分享心事，因為這是
身為男友的責任。

16

我會嘗試跟女友分享心事。

既然對方經常和我分享心事，我覺得自己也
有這樣做的需要，否則就顯得不太公平了。
畢竟，她是我最親密的人，我不介意和她透
露內心的感受和想法，多作心靈上的交流，
相信對大家的感情也有正面的幫助。

想深一點

　　多數女生都很樂於向信任的人傾訴心事，自己的男人更是首當其衝，成為最主要的傾訴兼發洩對象。女生的情感非常豐富，在生活上遇到各種大小經歷，都會觸發大量想法、感受和情緒，如果無法把這些能量及時釋放，積存的情緒便會變成巨大的包袱，造成情緒的鬱結，甚至會患上重病。因此，當每次和男友見面的時候，女生便會把握機會，向對方訴說內心的想法和情緒。可是，她亦會漸漸發覺，男生的心態和自己不同，對方甚少向自己傾訴心事，尤其不會說些自己有多不開心、如何受委屈的感受，於是女生才會詢問為何對方不向自己傾訴心事，覺得這才是雙方更完整、更公平的溝通方式。

　　但大多數的男生都不習慣向別人，尤其是自己的女人傾訴心事。從小到大，可能受到「男兒有淚不輕彈」的觀念熏陶，所以就算遇上甚麼挫折、困難和委屈，都不會輕易表達出來，更不必尋求別人的同情和關懷，天大的辛苦都應該自己來承擔。當然，這亦與男生的自尊心有關。因此，當女友提出要向她分享心事的要求時，男生的反應自然會變得不自然，也不知如何是好。

　　女生善於和樂於傾訴的天性，能夠及時把內心的情緒和感受釋放，令負面能量無法在頭腦積累太多，其實對身心健康都有相當正面的作用。反觀男生，由於甚少向別人表達心事，尤其是一些傷痛的感受，久而久之，負能量便會被大量隱藏在意識和潛意識之中，加上來自各方的生活壓力，結果就很容易構成嚴重的身心傷害，導致如抑鬱症或其他情緒病。

　　在表達心事和情緒方面，男生不妨向女生學習，嘗試超越傳統觀念的無形枷鎖，多向信任的人，尤其是自己的女人表達內心真實的感受，這不但能夠避免身心方面的疾病，提升健康，還能增進你與伴侶之間的了解和信任，對感情、健康和工作都會有正面幫助。女生們，當你的男人願意向你說出心事時，記得以完全理解和不加任何批判的態度回應他對你的信任，以免在對方邁出勇敢的第一步時，傷害了對方依然脆弱的自尊心，你要讓他感受到向你吐露心事的安全和接受你那無條件的愛。

1.3

約會的支出
應否實行 AA 制？

你們已拍拖一個月，這次已經是第五次約會了，你挺享受這份剛來不久的溫馨感，唯一令你不習慣的，就是對方幾乎在每次約會時，都有意無意的暗示要以 AA 制的方式平攤費用。你覺得對方如果真的喜歡你，為何會如此計較金錢上的付出？你甚至認為這是關係上的污點……

 如果

你同樣面對這種處境，你認為拍拖的支出應該由一方全付，還是 AA 制分攤才更合理？

15

拍拖是兩個人的事，男女都有責任承擔。

16

男生不應對女生吝嗇計較。

拍拖是兩個人的事，
男女都有責任承擔。

男生為了展現紳士風度，通常不會介意多付
一點。不過，如果女生每次都像理所當然般
一毛不拔，男生一定會覺得不是味兒。這不
單純是錢的問題，而是個公平與否的問題，
畢竟，這年代的女生也有很強的經濟能力，
拍拖也是兩個人的事情，所以女方負擔部分
支出也是理所當然吧。

16

男生不應對女生吝嗇計較。

如果男生從來不向女友提出或暗示 AA 制的要
求，我會覺得這是男生向女友表達愛意的表
現，她亦會很享受這種被照顧和體貼的感覺。
當然現今的女生賺錢能力絕不比男生遜色，
如男方坦白說出來，女生其實也不會介意為
拍拖而出錢，她只是傳統觀念較強，也由此
令她不喜歡會對自己吝嗇計較的男生罷了。

想深一點

　　拍拖是情侶間的共同生活，當中的責任，如金錢支出等也應該由雙方共同承擔。但**由於自尊心的驅使，大部分男生都比較願意在金錢方面多些付出**，以贏取女友的欣賞和掌聲。但如果女生總是把金錢的所有責任歸於男方，甚至變成一種習慣，長此下去，男生亦會覺得不公平，繼而影響雙方的關係發展。

　　由於女生比較享受親密關係中的被動角色，當男友心甘情願為自己付出一切，經常被對方照顧周到（包括在金錢上），對女生來說的確是一種福氣，其中**最能懾服女生心的，是其行為背後的那份關愛和重視自己的心意。**

　　事實上，情侶們亦可嘗試輪流支付拍拖的開支，收入多的一方，不妨主動多付一些，目的純粹是關懷對方，讓對方輕鬆一些，這不是愛一個人的表達嗎？遇上一些金額比較大的支出時，不妨以平等和經濟能力的標準分配付出比例，只要找到雙方都認為公平合理的原則便可。

　　金錢似乎是人生非常實際的問題，對情侶來說也不例外，更是一項需要面對如何在關係中不被金錢觀念所困的考驗。無論你是男是女，都可以檢視一下自己是如何看待金錢，你對金錢的觀念是甚麼？是否認為某一個性別有義務或有責任支付拍拖的一切開支？

　　應該由誰支付？誰要支付更多？其實因人而異，並沒有標準答案，只要是雙方都真心接受的方式便是最好的方式。一旦你與另一半在感情和金錢之間出現不協調的情況，就必須立刻正視問題，設法梳理，千萬不要隱藏想法，潛藏關係的危機。金錢只是一種工具，善用工具有助關係的提升，用之不當，反而會破壞關係。如果只有一方不斷付出金錢，從沒付出的一方便會逐漸視對方的付出為理所當然，不懂珍惜和感恩，結果雙方通過金錢而產生的正面互動和對流也會中斷。

　　其實，為關係的美好而付出，無論付出的是甚麼，也是一種愛的交流，是情侶增進親密感的途徑。當情侶間不再在金錢方面較勁，再沒有誰應該付出更多的疑問時，金錢問題不再是生活的焦點，雙方自然會投放更多心思在經營和享受情感方面的交流，在互動中讓感情不斷提升。

1.4

碰見舊情人
該如何反應？

情 境

你和另一半牽著手逛街時，一個熟悉的身影出現在你面前的不遠處，對方毫無疑問地朝著你們的方向走來，剎那間，你已經確定這個人就是那個曾令你刻骨銘心的舊情人。此刻，你的關注焦點已經完全被對方佔據。當回神過來，你慶幸旁邊的另一半還沒發現你的不自在……

❀ 如果 ❀

在毫無心理準備的情況下遇上舊情人，你又會如何反應呢？

15

敷衍過去，免得情人猜疑。

16

主動問候及了解對方近況。

敷衍過去，免得情人猜疑。

如果雙方已無可避免地有眼神交流，我會主動示以微笑，然後各走各路。如果對方主動走近打招呼，我會簡單地敷衍一下，以免令身邊人有太多的猜測，例如在伴侶面前輕描淡寫的介紹對方是個很久沒見的朋友。除非另一半在事後不斷追問，否則不會解釋太多。

主動問候及了解對方近況。

如果對方只有一人，我會主動上前打招呼，
然後神情自若地說聲「那麼巧啊！」接著便
帶著微笑繼續上路。如果對方有伴侶同行，
我會全方位打量他的伴侶哪裡比我更好⋯⋯
而心底裡，我希望在舊情人面前看上去是很
快樂和幸福，不會因為和對方分手而變得更
糟糕。我想讓對方感到，失去我是他的損失。

想深一點

男生對舊情人通常不會有太多的情意結和執著，分手導致的傷痛雖然在所難免，亦會維持一段時間，但男生會覺得「舊的不去，新的不來」，說不定，新的伴侶會比舊的更好；加上男生亦容易找到令自己療癒、回復快樂的方法，例如參與不同的體育活動、玩音樂等，所以大多數男生都不會因為逝去的一段情而無法釋懷，長期陷入悲痛之中。因此，當男生遇上舊情人時，便會顯得比較自若和隨意，沒有太多掩飾內心世界的需要，反而男生比較在乎的，是伴侶的反應和感受，畢竟身邊人才是自己的現在進行式。

女生則比較容易執著於感情的對與錯，就算分手已久，情感上的傷害仍難以完全放下，對一個曾經令自己刻骨銘心、甚至背叛過自己的舊情人尤其如此，當時的負面情緒很容易在意識中留下極深的印記，容易不自覺地把傷痛的負能量投射到新關係之中。

當你在街上遇上舊情人時，或許，這是一次讓你了解自己內心狀態的好時機。通過這次相遇而引起的感受，深

入地觀察自己，了解自己是否依然執著於這個人；你的內在，是否仍然有個你認為是由對方造成，仍在淌血的傷口。

如果沒有這次相遇，你可能只會偶爾想起或夢見這個人，雖然這仍會觸動你的神經，卻很快會被你以慣常方法遮蔽真正的感受，讓你以為已經放下這個曾深深愛過，也深深把你傷過的人。**藉著這次偶遇，這股突如其來的衝擊力足以猛烈地貫穿你整個人，讓你看清對方在你心中依然存在的影響力究竟有多少。**下一步，就是以最大的勇氣面對這個傷口，接受它，以最大的愛擁抱它，感受傷口如何影響你的每個想法和行為。以愛自己的心態，真誠地告訴自己，過去已經過去，你決定在此刻選擇放下對過去傷痛的執著，活出一個全新和更快樂的自己。

當發現自己能夠在這次偶遇中釋懷，你還需刻意證明當初的分手是對方的錯嗎？不必了，因為你已經不再在乎。你心裡明白，再毋須以任何表面行為來掩飾內在傷口的需要，你也毋須刻意表現出你活得比對方更好的心理需求，這樣的你，才是個真正自由的你，你從此不再背著沉重的包袱做人。當內在傷口被療癒以後，不妨向對方真誠地說聲多謝及給予祝福吧。

1.5

約會時，情人經常
與別人互傳短訊……

情　境

當你與情人在餐廳吃飯的時候，對方一直忙於用手機與別人聊天，邊聊邊笑，非常投入，卻對你的說話敷衍了事，甚至充耳不聞……

如果

情人在你面前用手機與別人聊天，你會怎樣？

15

我無法接受，並會向對方發出強烈警告。

16

我覺得這不是問題，沒甚麼所謂。

15

我無法接受，
並會向對方發出強烈警告。

如果在拍拖時都不專注於這二人空間，拍拖還有意思嗎？為何不可在其他時候才和朋友聊天呢？我認為這是不重視我的行為，是完全不能接受的。

我覺得這不是問題，
沒甚麼所謂。

如果朋友有事找我，當然需要馬上回應，反
正和情人在一起也沒太多話要說，與朋友聊
一會又何妨呢？我不認為這是不重視另一半
的表現，因為拍拖不代表沒收自由，我也有
玩手機的自由，大家必須互相尊重。

想深一點

女生通常比較重視與伴侶在相處過程中的感受，會期望對方全情投入，把注意力完全投放在自己身上。如果在約會時對方玩手機或與別人聊天，女生通常都願意包容一會兒，不過，如果對方完全沒有停下來的跡象，女生便會開始感到不快和抱怨。

仍然在追求階段的男生，會特別關注自己在約會時的表現，務求令女伴感到窩心和滿意，以盡快獲取女生的芳心。然而，當感情穩定下來以後，男生便會逐漸變得愈來愈自我和率性。他會覺得，當一段關係穩定了以後，就應該重新成為真正的自己。**男生並不認為在女友面前做真正的自己是對女友的不重視，反而覺得作為女友的，應該更想接受一個更真實的自己。**

這個年代，手機已成為生活的必需品，通過小小的屏幕便能夠滿足我們對情感、工作、娛樂、社交等各方面的大小需要和慾望，甚至很容易令人產生如毒癮般的心理依賴。不知不覺間，我們便容易忽略了身邊的人和事，錯過

了生活在當下的真實和意義。身心同在的兩個人，才算得上是真正的在一起，而一個心不在焉的人只剩下沒靈魂的軀殼，容易令伴侶有被忽略和不被尊重的感覺。

當你發現自己或伴侶開始因為沉迷手機而忽略了對方時，請反思一下，你願意給予你愛的人還是手機更多的陪伴和注意？你希望伴侶從你的陪伴中獲得更多關懷，還是機械式的陪伴呢？難道你不希望與伴侶有更深入的了解和互動，令感情更進一步嗎？

如果你也有類似的煩惱，不妨和伴侶共同協議你們之間的手機使用方式吧，例如盡量在對方不在的時候，如等候對方或上洗手間的空擋，才查閱手機或作簡單回覆。大家在見面以後都把手機收起來，在雙方同意下才一起使用手機。這些協議目的，是不再容許手機的世界入侵你們的二人世界，讓你們能夠單純地投入在約會的當下，再次感到被對方關注和重視的喜悅。

1.6

心儀對象追求者眾，你會放棄嗎？

情 境

你打算找機會向心儀對象表白，期望可以成為情侶。可是你收到消息，原來對方身邊有不少追求者，你不知如何是好……

如果

在明知有競爭對手的情況下，你會選擇放棄，還是全力以赴呢？

我不會放棄，仍會向對方表白。

我不喜歡競爭，還是隨緣吧。

我不會放棄，
仍會向對方表白。

是否有競爭對手根本不是問題，只要喜歡一個人，我便會千方百計地採取主動，向對方表白。我有信心能證明自己是對方最好的選擇，如果因為其他追求者而放棄，反而證明我是個輕易退縮的人，這也不值得對方欣賞。

16

我不喜歡競爭，
還是隨緣吧。

我會以間接方式打聽主要對手的實力，如果
明顯比我強，我會選擇更低調一點，然後觀
察心儀對象對我的態度，反正，我不喜歡參
與競爭，有緣的自然會在一起，不必強求。

想深一點

大多數女生在感情方面都喜歡扮演被動者的角色，認為被動地接受愛的女生才是最幸福的。因此，**當遇上心儀對象時，女生會渴望心儀對象會主動邀約，並以期盼的心態等待著，而自己是不會主動提出約會的要求**。就算心儀對象身邊不乏傾慕者，多數女生也不認為需要變得更主動，她們深信，靠自己主動得來的感情是毫無意義的，寧願繼續以被動的心態守候著幸福的到來。

男生在感情方面會比較樂於扮演主動的角色，相信必須透過主動爭取和追求，才能獲得心儀對象的芳心。在男生的世界裡，競爭對手有如空氣中的細菌，是無可避免的。有些比較好勝的男生甚至覺得，在沒有競爭對手或太容易得手的情況下，得到也沒多大意義，反而不會珍惜對方。

競爭在世上無處不在，無論是讀書、工作，還是運動，無一不是充滿競爭成分的。然而在感情方面，競爭卻不是一個決定性的因素，你們會否成為情侶或夫妻，看的並非你是否比某人優越，而是你們之間的緣分是否足夠。如果

緣分的條件具足，其他人只能造成一些干擾，卻無法把你們拆散，除非是你首先放棄。

當女生遇上了心儀對象，就算有競爭者的出現，也不要輕言放棄，請善用你的被動優勢——不是鼓勵你應該天天躲在家中等待對方的邀約，而是運用「花開蝶自來」的原理，被動地主動。在有機會與心儀對象接觸的場合，無為地散發你的女性美和魅力，自然地吸引他過來，主動向你提出約會。

主動出擊也是男性的天職，在女生眼中，一個由於害羞而沒勇氣向自己表白的男生，會被視為懦弱和害怕失敗。追求的重點是主動積極而不強求，首先要做好自己，在對象出沒的場合不經意地顯露你的才華，然後把握機會主動邀約心儀對象，表達你渴望了解對方更多，並逐步展現你對女生的傾慕和期望照顧對方的真誠。

不論男女，自信都能為你增添陽光氣色，能令你更有吸引力。欠缺自信的人散發出來的磁場也是負面的，本來喜歡你的人也會因而卻步。在感情世界裡，不必害怕任何看似比你強大的對手，因為緣分才是你們的真正紅娘，而競爭只不過是感情路上的一些障礙，考驗一下你對心儀對象的意志罷了。

1.7

邀約心儀對象被拒，
對方還說「感謝你」……

情境

你遇上一個令你非常心動的人，可是一直都找不到表白的好時機。這一天，機會出現了，你拿著兩張非常難得的演唱會門票，你知道這個歌星是對方的最愛，於是你鼓起勇氣邀約……但對方卻婉拒了你，然後說很感謝你，還說你是個好人……

 如果

這種情況下，你認為自己還有機會嗎？

 15

16

暫時機會不大。 當然還有機會。

15

暫時機會不大。

對方的稱讚很明顯是客套說話，讓你有個下
台階而已。幸好對方對你的印象也不壞，起
碼還願意說好話來照顧你的自尊心，所以，
機會不是完全沒有的，只是暫時不宜樂觀。

當然還有機會。

對方婉拒你可以有很多原因，可能是當天對
方真的有約，又或者覺得你的邀約有點唐突，
一時無法接受。其實，婉拒和稱讚你也不代
表甚麼，可能只反映對方為人處事的修養和
習慣罷了。

想深一點

　　作為女生，當你的邀約被心儀對象拒絕後，無論對方如何稱讚你，都難免會令你有點受傷的感覺。遇上這種情況，請不必氣餒，因為你的心儀對象不一定是因為你所想的理由而拒絕你。更重要的是，對方只是拒絕了這次邀請，而並非拒絕了你這個人。所以，你可以嘗試改變策略，發揮女性善於以柔制剛、以退為進的特質，以「被動吸引」代替主動進取。在生活中，不經意地顯現自己獨特的魅力，讓對方發現你，留意你，然後主動走近你。反正透過這次經歷，他或許已經知道了你的心意，到某天，當他真的向你走近和微笑的時候，證明你的「被動吸引力」已經生效，到時候，你只需負責答應對方的邀約便可。

　　對於男生來說，邀約被女生拒絕是很平常的事，一個因為女生的拒絕而覺得自尊心受損的男生，由於心理質素較低，首要任務是首先調整好自己的心態。男生必須有勇氣和毅力在不斷嘗試和失敗中保持自信，才能贏得女生的真心欣賞和尊重。在追求路上遇到的困難，很可能只是考驗的一部分，讓對方更有機會看清楚你的誠意。如果一些

拒絕便能令你心灰意冷，你就要好好問自己，你真的很喜歡這個女生嗎？

從動物的求偶天性來看，雄性是負責播種的一方，因此，需要主動進取地追求女生，勇敢表白並堅毅不屈，才能在競爭對手中脫穎而出。而雌性則是負責挑選和接受的一方，因此，要善於散發天然魅力，讓異性自動被你吸引，自己只需負責選擇和給予適當的考驗便可，然後從中挑選最適合自己的雄性，和自己結合。

男人，請不必因為一兩次的失敗便輕言放棄，所謂的面子，是你贏得女生芳心的極大障礙。**為你真正喜歡的人屢敗屢試，只是生命的規則，是讓你發揮男性天賦的機會。女生，也不必太主動和急於向心儀對象表白，對男生來說，你的主動和直接反而會造成反效果，因為有神秘感的女生更能令男生著迷。**女生只需用心選擇和接受最適合自己的男生，不用擔心你的被動會令與你有緣的男生錯過你，因為緣分自有安排。

1.8

太遷就伴侶，對方就會不懂珍惜你？

情境

有朋友認為你對伴侶太遷就了，這不但會令對方不懂珍惜你，甚至會向你索求更多，破壞了關係的平衡。你覺得這番話不無道理，但亦感到很難為，因為你和伴侶的感情一向很好，難道真的需要刻意控制對伴侶的遷就程度嗎？

∞ 如果 ∞

> 聽到這些意見後，你會選擇維持對伴侶的遷就，還是改變策略，刻意對伴侶不那麼好呢？

15

改變策略，不再那麼遷就對方。

16

我會繼續好好對待伴侶，甚至比以往更好。

改變策略，
不再那麼遷就對方。

我覺得對伴侶太好，處處照顧周到，的確令
自己感到頗大壓力。長此下去，對方的要求
可能會變得愈來愈高，日後將更難滿足對方，
辛苦自己。

16

我會繼續好好對待伴侶，
甚至比以往更好。

既然我愛這個人，就不會計較太多，也不怕
對方將來會不懂珍惜。因為愛一個人就應該
全情投入，怎能像做生意或搞政治般充滿策
略和計謀呢？

想深一點

在親密關係中感到被愛，是女生最基本的訴求，亦是她願意長期留在一段關係的主要動機。如果男生因為任何原因而突然對女生若即若離，或由熱轉冷，女生會因此而感到被忽略和輕視。大多數女生會認為，如果男生因為擔心未來可能出現的麻煩而改變態度，這簡直是無稽之談，會令女生質疑對方是否真的愛自己。

不少男生認為，如果把女生寵壞，她會變得需索無度，難以被滿足，日後只要自己一時疏忽，便會成為被責怪的藉口，所以坊間才有「不到八十歲都不要餵飽女生」的誇張說法。的確，**有部分男生為了減低日後可能帶來的麻煩，也為了保留一些驚喜，於是會刻意控制對伴侶的付出，以「擠牙膏」的方式表達自己的愛**；然而，女生卻難以這樣做。一旦女生確定大家是彼此相愛，她便會不惜一切，勇敢地愛對方；如果她在關係中不能感到被愛，便會完全失去愛的動力。

　　無論你是男或女，當然都不希望你愛的人會被你寵壞，或因被盲目遷就而變得貪得無厭，不斷索求。不過，這只是技術上的問題，只要拿捏得當，便能避免。如果單純因為擔心寵壞和遷就對方所帶來的不良後果，而限制給予愛，這便是本末倒置、輕重不分的想法。

　　當你看見愛人因為你的付出而快樂，你自然會感到滿足，因為付出的本身就是喜悅。所以，何不拋開憂慮，全情投入這份真情流露的愛意呢？**如果你已經認定了對方，更不必因為恐懼而吝嗇你的愛，嘗試每天都讓對方感受你的愛吧**，你所給予的一切必定會得到倍數回饋，而你也將成為愛的贏家！

1.9

女友經常發脾氣，該怎麼辦？

情　境

你很愛你的女友，但對方卻經常向你發脾氣，每次鬧情緒的時候你都努力嘗試和她說道理，向她解釋根本沒有生氣的必要。可是，她根本聽不入耳，還鬧得愈來愈大，令你深感無奈。

如果

遇著這種女友，你會選擇忍受她的脾氣，還是在槍林彈雨中繼續開導她呢？

15

我會嘗試繼續開導她。

16

我會繼續忍受她的脾氣。

我會嘗試繼續開導她。

經常發脾氣不但會影響大家的關係，也會對
她的健康不好，所以，我會用盡所有方法令
她明白發脾氣的害處，並引導她改過來。

16

我會繼續忍受她的脾氣。

我會體諒她，多些包容她的脾氣，幫助她把
不快的情緒發洩出來，這樣才是為她著想的
做法。當你愛一個人，自然會接受對方的全
部，包括她的優點和缺點。

想深一點

當女生心情不好的時候，往往會向自己的男人訴苦和鬧情緒。分享心事的目的，只是為了得到男生的傾聽、安慰、重視和支持，以疏導自己當時的負面情緒。然而，男生的普遍反應，卻是試圖理性地為女生提供客觀的分析和解答，希望女生了解事情的具體面貌與對錯關係，並說明負面情緒是沒必要的，藉此扭轉女生差勁的心情。

但是，女生會覺得男生根本不明白她，**她真正需要的是男生給予無條件的關懷和體諒，甚至只是一個擁抱。**但大部分男生卻執著於自己有否犯錯，並以此準則去應對女生生氣的態度和方法。當男生找不到自己錯處的時候，便會認為是女生無理取鬧，結果連自己的情緒也會變得不穩定，帶著責怪的語氣繼續向女生講道理。當女生的負面情緒佔上風時，是很難保持客觀和冷靜的，即使你的道理是多麼合邏輯、合理和正確，恐怕也難以讓她聽進去。最終，雙方衝突就會加劇，甚至會毫無保留地互相辱罵，令氣氛進一步惡化。

同樣地，在發脾氣的女生面前，如果男生只懂盲目忍受和滿口道理，都是無法對症下藥。因為，女生往往只是通過發脾氣的方式，來向男生發出一個需要你更關懷她、體諒她的訊號而已。

男生要應對女生情緒，可以聆聽來代替以嘴巴說道理，不要逃避而是勇於面對她的情緒。你最需要的是一個平靜的心境，放下自己的對錯想法，就會比較容易不帶批判地接受她的情緒狀態，而不是以自己的對錯標準，來評價鬧情緒的合理性。你亦可以身體語言表達你對她的關懷，例如握著她的手或把手輕輕放在她的大腿上，表示你願意傾聽她的感受。你還可以在適當時候發揮你的幽默感，來緩和當時比較緊張的氣氛。總之，你的平和態度足以軟化女生當時的強悍和負面情緒，她很可能還會在事後感謝你為她所付出的包容和耐心。

1.10

男友要求我
給他多點空間……

情　境

剛拍拖的時候你們總是
出雙入對、如膠似漆，
但兩年過後，男友陪伴
你的時間變得愈來愈
少，你很渴望得到他的
主動關心，但對方卻經
常因為工作和其他原因
不能與你見面，有時候，
他還會要求你給他更多
空間，這令你非常生氣
和憂慮……

❦ 如果 ❧

男友提出給他更多空間的要求，是
因為他不再愛你嗎？

15

提出這種要求，
明顯是不夠愛
女友的表現。

16

這未必是不夠
愛女友的表現。

提出這種要求，
明顯是不夠愛女友的表現。

以往對女友那麼著緊，現在就諸多藉口，變得如此冷淡，很明顯是不夠愛她的表現。如果他真的愛自己的女人，重視她的感受，不可能連拍拖的時間也騰不出來，所以他肯定是在逃避，或者因為甚麼原因而疏遠女友。

這未必是不夠愛女友的表現。

對方有可能只是工作太忙，又或者不想長期把時間完全放在拍拖上。男生提出這種要求，只是希望能有多些私人空間和自由，例如和朋友相敍，或做些自己喜歡的興趣而已。如果能獲得女友的體諒，他一定會更珍惜這段關係。

想深一點

對男生來說，拍拖並非人生的全部，人生的其他部分還包括與父母、死黨的關係，個人嗜好和為事業奮鬥等。不過，在剛開始一段新感情的時候，男生往往為了盡早獲得對方的芳心，便會全力以赴，做到最好。**當拍拖的時間久了，感情也漸趨穩定後，男生便會傾向尋回多些屬於自己的生活空間**，把更多精力投放在人生其他面向，他希望伴侶能夠體諒自己這種心態上的調整。

但大多數女生都難以理解男生需要私人空間的意義，往往會以負面的角度解讀男生在關係中突然缺席的行為，覺得這是他對自己不再感興趣的表現。其實，女生有這種想法也是很自然的事，對大部分女生來說，感情生活才是人生最重要的部分，當男友要求少些見面，自然會以為這是抗拒她的舉動，結果就造成了更多的誤會。

事實上，**男生在愛情關係中比女生更需要空間，尤其是有煩惱或工作忙碌的時候**。除非你們之間最近發生了甚麼大衝突，否則，當男友提出需要更多空間的要求時，很

可能只代表他需要多些一個人的自由空間；對於正在拍拖，甚至已婚的男士來說，這都是正常不過的心理需要。

　　作為女友或妻子，對於男生的空間需求，不妨表現多點體諒和理解，讓對方安心處理好眼下的事情或調整一下生活的作息規律。如果有一段時間無法安排見面，建議以訊息與對方保持基本的聯繫，每天發一則簡單的問候，比如「別忘了吃飯哦~」、「天氣又轉冷了，記得穿衣！」、「不要工作太晚，早點睡呢~」等，**重點是表達出你的關懷，而不是管制**。調節好自己的心態，也是另一種表達愛意的方式。

　　男生在親密關係中突然缺席不一定是危機，更可能是雙方增進感情和信任的契機。一個願意給男生適當空間和自由的女友，更容易俘虜他的心，成為他心中的紅顏知己，他會從這份體諒和理解中，真切感受到你的溫柔和愛意。

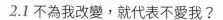

二星難度

情　境　題

2.1

不為我改變，
就代表不愛我？

情　境

你們經歷了不少波折，終於成為了一對令人羨慕的情侶，大家都很珍惜這段得來不易的關係。在這一年的相處過程中，你逐漸發現，對方有不少你不太喜歡的生活習慣，可是，你發覺對方並不願意為你而改變，你們的摩擦愈來愈多。

如果

情人不願意為你而改變，你認為是
對方不夠愛你的表現嗎？

15

我覺得這是不
夠愛我的表現。

16

我不認為對方
不夠愛我。

15

我覺得這是不夠愛我的
表現。

愛一個人自然會想辦法瞭解對方的想法和需要，重視對方的感受，令對方快樂和滿足。為了能夠與我愛的人和諧相處，我會很樂意為對方改變以往的生活習慣。為了愛而作出少許犧牲，這不是很值得嗎？如果總是堅持自己的想法，不理會對方的感受，走在一起和不在一起又有何分別呢？

16

我不認為對方不夠愛我。

他會否因我而改變，根本和愛我與否沒有直接的關係，反過來說，就算我不願意為對方改變自己，也不代表我不夠愛他。即使二人已經走在一起，我們仍然擁有各自的性格和喜好，為何必須因為愛一個人而扭曲真實的自己呢？堅持做真正的自己，並不代表不夠愛對方，這畢竟是兩回事。

想深一點

在女生的字典裡，伴侶就是那個負責關愛自己，能夠包容自己脾氣，願意為自己改變的人，而改變的範圍自然是包括生活習慣和性格。**男生為所愛的人改變，對女生來說，是個理所當然的要求和期望。當發現對方總是敷衍了事，缺乏誠意和耐心去改變「陋習」，自然會感到失望。**這時候，頭腦甚至會告訴你：「如果對方愛得夠深，就會不惜一切為我改變；相反，如果他沒有改變，就是不夠愛我的表現。」然後，你便會有意無意地以表情、態度、語氣及行為，向他宣洩不滿，結果你們的相處就會充滿火藥味，你甚至會「發現」更多他不夠愛你的「證據」。

但對男生來說，改不改變生活習慣視乎個人的需要和喜好，根本與愛一個人無關。男生不明白為何女生總喜歡把日常生活與愛混為一談，對他來說，對另一半專一、負責任，照顧好生活所需已算是愛她的最佳表達了，若果因為愛一個人而改變自己原來的生活方式，反而會倍感壓力。

其實，男生無法改變的原因並不複雜，他對你的要求

敷衍了事，很可能只因不想改變、無法改變，甚至純粹是懶於改變罷了。但當你因而大發雷霆時，由於他不希望大家的關係會惡化下去，於是乎只好就範，勉強自己作出改變。可是，習慣不是三兩天就能夠改變和形成的，他可能為了討你歡心，盡力強迫自己改變一次、兩次，但實際上，他並沒有真正改變，可能不消一回，便會回到原來的生活方式──因為這才是真正的他。

沒有人願意在逼迫之下改變自己，將心比己，如果你也有不願意改變的生活習慣，為何你會認為對方必須這樣做呢？**回想這個男生當初最吸引你的是甚麼，這些優點現在還吸引著你嗎？**如果不能，究竟是你變了，還是他變了呢？答案很可能是你變了，是你對他的要求變得愈來愈高！

兩個相愛但個性不同的人選擇在一起，懂得互相尊重彼此的不同，是學習相處的重要一步。接受相異的地方，才能在磨合和協調中更深入了解真實的對方。當走出這一步，你們便會開始互相接受真正的對方，而不再要求他為自己改變，一段和諧、美滿的親密關係便因而由兩個真實的戀人互相成就出來。真正需要改變的，是由調整自己的心態開始，擁抱對方的與自己的不同，把焦點放在對方本有的優點，而不是那些你認為對方必須改變的缺點和毛病，自自然然，你將會感受到相愛的喜悅和輕盈。

2.2

前度情人邀約，
你會否見面？

情 境

你和情人交往將近一年，雖然要分隔兩地，但你們的感情還是不錯。今天，你突然收到前度發來的訊息，說很想約你出來一聚，交換近況，而你對該否應約感到十分煩惱……

 如果

遇上這種情況，你會樂意接受，還是推卻前度的邀約呢？

 15

滿足好奇心是見面的理由。

 16

視乎我對前度和現任的感覺。

15

滿足好奇心是見面的理由。

如果我不反感這個人，也是會考慮應約的。
或許是出於滿足自己的好奇心，我都會想了
解對方的近況，例如對方是否依然單身，或
者試探一下其邀約的真正動機。

視乎我對前度和現任的感覺。

如果我的心還沒放下這個人，我會應約看看
對方是否有回心轉意的可能。又或者，我只
想讓對方知道，我現在過得不錯，起碼比和
他／她一起的時候要好。不過，如果我很滿
意和現任的關係，就不會刻意與前度見面了，
免得對方想多了。

想深一點

由於男人的天性是比較多情，能夠同時愛上一個以上的女人，因此，男生通常不會長期對某個前度女友藕斷絲連，只要有新伴侶出現，便能迅速把心思轉移，投放在新感情上。如果前度邀約，男生會考慮的是比較實際的問題，例如她對自己是否仍有吸引力、我是否有話對她說、對方邀約目的等，主要視乎自己是否有見對方的需要和慾望。

不少女生在分手以後，雖然事隔多年，依然會對舊愛念念不忘，無法抽離。尤其是對現任男友不滿的女生，可能仍存在想念舊情人的遐思，偶爾穿梭於夢境、想像和追悔的情緒之中；這時候，她們很可能會應約前度的邀請，目的是打探一下對方是否有想和自己復合的意思。但對於比較滿意現任男友的女生，如果她們選擇應約，原因很可能只為了在前度面前展現自己的幸福，好讓對方有些酸溜溜的感覺，是一種報復當初被對方傷害的潛在心理。

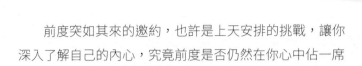

　　前度突如其來的邀約，也許是上天安排的挑戰，讓你深入了解自己的內心，究竟前度是否仍然在你心中佔一席位？是否在暗地裡影響著你生活的品質？

　　如果你們仍然有緣，自然有機會續緣，就如你和現任結識和相愛的過程般自然。**透過這次邀約，如果你發現自己已經完全放下這個人，那麼是否應約見面已經不再重要。**重要的是，你已經不再因為過去的經歷而感到傷痛和纏擾，代表你已經在這段感情中畢業了。

　　你最真實的生活不在過去，而是當下。請好好珍惜跟現任情人的緣分，而前度的出現也當然是緣分的安排，配合你在過去考驗的畢業成果，現在的你已經變得更成熟，是一個更懂得愛的人。

2.3

你覺得我這好朋友
怎樣呢？

情 境

今天，女友和我一起到
了她閨蜜的家慶祝生
日，期間我們三人談笑
甚歡，不過，才剛離開，
女友便以半開玩笑的語
氣問我：「你覺得我這好
朋友怎樣呢？」

如果

如果是你,你會怎樣回答女友這個可能暗藏「殺機」的問題呢?

不予置評,轉移話題重點。

想到甚麼,便說甚麼。

15

不予置評，轉移話題重點。

今天才是我們第一次見面，評價不了她呢，
但既然她是你的閨蜜，肯定和你志同道合，
不然你也不會和她相交那麼久，一生難得好
知己，你要好好珍惜啊。

....

想到甚麼，便說甚麼。

....

只要想到甚麼，就說甚麼吧，何必想得太複雜呢？女友有此一問，或許只是想聽聽我如何評價她的閨蜜罷了。

想深一點

有些女生總會非常在意男友對其他女生的評價和想法，她們除了會把陌生女性視為可能威脅外，甚至擔心男友會看上自己的閨蜜。有這種心理特徵的女生其實是嚴重缺乏安全感和自信的人，她們難以真心信任別人，包括是認識多年的閨蜜。如果你也發現自己有類似的疑慮，是時候警惕一下自己了，你的不自信和對安全感的強烈慾望，並不會為你帶來更美好的親密關係，相反，只會對愛你和信任你的人構成傷害，而這種傷害，最終也會回到你自己身上。

作為男生，如果你的女友經常對你不信任或疑神疑鬼，這代表她對這段感情並沒有足夠的信心。由於長期處於不穩定和多疑的心理狀態，你們的相處必然會變得愈來愈困難，並且容易引發爭執。請捫心自問，你真的愛她嗎？你珍惜這份感情嗎？如果答案是堅定的，你可以做的只是不斷給予對方更多的安全感，因為不安是來自恐懼，是個無法被填滿的無底洞，她需要的除了是你的陪伴和協助外，你更有責任讓她看清楚自己的猜疑是源於缺乏自信的反

應，至於她能否重新建立自信，克服恐懼，還得靠她自己，
你只能從身邊給予鼓勵、陪伴和引導。

　　事實上，每個人都可以從自愛中增添自信，因為信任
的本身就是愛的一種面向和特質。自愛能消除內心的恐懼，
一個自愛的人自然會成為一個自信的人，毋須依賴外在任
何人事物的給予或證明，都能感到安全。當我們進入了自
愛的慣性，愛的力量便會源源不絕，自然能讓你處於無懼
和自信的狀態。

　　當你充滿自信，你才能信任別人，因為**真正自信的人
所相信的根本不是別人，而是自己的眼光和感覺**。當兩個
懂得自愛和自信的人走在一起，這段親密關係除了充滿愛
外，還必定包含無限的自由與感恩。

2.4
你到底愛我甚麼？

情　境

女友經常會問一些令你難以回答的問題，例如「你說你愛我，那麼你究竟愛我甚麼？」無論你如何回答，都好像無法完全滿足她似的，你真的很希望能夠找到一個標準答案，令對方真正滿意。

 如果

女友經常問你這類問題，你又會如何回答呢？

15

我是被你的外表吸引而愛上你的。

16

我愛的是你的全部。

我是被你的外表吸引
而愛上你的。

到了現在,我依然無法忘記你那時候的魅力。
當時的我,只要每天看見你就滿足了,只要
和你在一起,雖然甚麼都沒做,甚麼都沒說,
對我來說,已經是最大的享受,而現在的你
依然吸引著我。

16

我愛的是你的全部。

我愛你的全部，包括你的外表、性格、談吐、
成就和學問，關於你的一切都如此吸引著我，
令我傾心。在我眼中，你的優點數之不盡，
你的缺點我還未發覺，你有正直、樂觀、謙
讓和友善的性格，只要和你靠近，自然會有
如沐春風的感覺。

想
深
一
點

男生被問及這類問題時，會以為把對方的優點都說出來便可以過關，其實，**女生的反應往往告訴男生，她真正希望聽到的並非這些答案。**所以無論男生怎樣努力去發掘對方的優點和獨特之處，結果女生還是會顯出不完全滿意的表情。

要回答這類問題，首先要明白女生發問的動機是甚麼。表面上，問題是很具體的，好像必須給予具體的答案；事實上，女生是希望通過詢問男生愛自己甚麼，從而感受對方究竟有多愛自己，以獲得被愛的安全感和滿足感。女生真正想知道的是後者的抽象而難以量度的部分，而不是前者的具體和物質化部分。由於女生期望的答案的本質是無法被言語所形容，因此，任何具體的語言描述都不能真正滿足她的內心需求。

一個抽象的問題必須配以一個抽象的答案。因此，當女生問：「你究竟愛我甚麼？」的時候，對方真正想知道的是你究竟愛她有多深？而你只需非常真誠地說：「**我真**

的完全不知道我愛你甚麼，因為我對你的愛根本不需理由，也不受限制，更不會因為任何有形條件的變化而改變。我並非因為你的某些條件而愛你，我只因你是你而愛你。真正的愛是不需要理由和無條件的，而這就是我對你的愛。」

　　當女生聽完以上這番話以後，可能無法完全明白字面上的真正意思，卻會被你的真誠和意境所觸動，並從中感到你愛她的真實與無限。

2.5

如果可以重新選擇，
你還會選擇我嗎？

情 境

你將會在半年後與拍拖八年的情人結婚，在某天閒聊的時候，對方突然問你「假如讓你可以重新選擇一次，你還會選擇我嗎？」一時間，你無言以對，因為你從來沒想過類似的問題。但當你認真思考後，你才發現，原來你……

如果

你發現心底裡的答案是不置可否，你會如何回應對方呢？

15

我盡可能不直接回答對方。

16

我會直接說「會」。

15

我盡可能不直接回答對方。

我不想欺騙對方,更不想欺騙自己,因此如果對方堅持要我說出答案時,我才會把真實的想法說出來。

16

我會直接說「會」。

我們快要結婚了,雖然說「會」是有點違背內心的想法,但總比說「不會」穩妥吧。有時候,對伴侶說美麗的謊言也是一種相處之道,何樂而不為呢?

想深一點

對女生來說，感情生活是一生幸福的主要根源，因此會對與感情相關的決定特別審慎和認真，不會隨便因為任何原因而說謊了事。如果女生心中的答案是更傾向「不會」的時候，女生很可能會不想說謊與不想傷害對方的矛盾中顯得吞吞吐吐。不過，如果真的不回答不可，女生還是會傾向把自己的真實想法說出來，畢竟，女生認為，這些事情不能兒戲。

而大多數男生都不會把感情事看得特別嚴肅，他們會認為能夠與一個自己喜歡、而且相處融洽的女生一起生活，已經是一種福氣，所以對另一半的具體要求不會太高。除非出現了另一個吸引力極強的對象，否則男生普遍不會思考另一半是否自己最好的選擇。當被問及以上的問題，男生通常會避重就輕，把重點放在解決眼前的問題，而不會考慮答案有否違背自己的真實意願。男生會想，既然大家已經到了談婚論嫁的階段，難道還要說些令對方傷心和憂慮的話，這不是自找麻煩嗎？

本文所帶出的問題，其實能夠讓你更了解自己，知道另一半在你心中的位置和重要性。如果你會毫不猶豫地答「會」，恭喜你，因為你已經非常清楚，對方是你真正愛的人。然而，如果你的答案是「不會」或猶疑不定，也不用過分擔憂，因為這個負面答案未必是事實的全部，也可能只是你對另一半主觀判斷的結果 —— 源於一些期望和恐懼的想法罷了。

緣分既然讓你們由認識到相愛，由相愛到準備結成夫婦，自然有其原因和意義。兩個人能夠在一起，真正重要的是你們現在是否相愛，是否願意與對方一起走以後的人生路，而不是考慮對方是否你的最好選擇。因為根本沒有所謂的最好，而只有是否適合你的人 —— 一個能讓你在相處中獲得最大心靈成長的人。

2.6

你條件那麼好，會有很多異性傾慕你嗎？

情境

你的戀愛經驗豐富，對異性非常了解，有特強的社交能力，因此你的伴侶總是被你的談吐所吸引。一次，對方突然質問：「你身邊會有很多異性傾慕你嗎？」你雖然完全明白對方問題的用意，可是，也同時感到一點壓力⋯⋯

如果

你是「萬人迷」，又會如何回應伴侶的質疑呢？

請你放心，我當然只會對你一個好。

如果你信任我，就不必過分憂慮了。

15

請你放心，
我當然只會對你一個好。

雖然我有吸引異性的魅力和能力，但不代表
我會隨便用在所有人身上。現在的我只會愛
你一個，就算真的有異性向我示好，我也不
會接受的，希望你不要多疑吧。

16

如果你信任我，
就不必過分憂慮了。

我非常明白你的憂慮，不過，這是完全沒必要的。如果你了解我的話，難道這些年來我對你怎樣，你還不知道嗎？如果你對我一點信心都沒有，我們的相處還會快樂嗎？我們又如何能過一輩子呢？

想深一點

絕大部分女生，都喜歡與一個懂得逗自己開心、有情趣的男友在一起，而這種男生在姊妹們的男神排行榜中通常都會位列前茅；但伴隨而來的煩惱，也同樣來自男生的優秀，所以女生在感到自豪的同時，也會感到憂慮。由於擔心男友有非凡的吸引力，難免也會偶爾質問一下他，看看對方的反應。雖然對方的答案不能作準，但起碼能在他的回應中，滿足一下自己對安全感的需要。

遇到這種質問，男生的第一反應都會認為女生實在太多疑了，即使自己是個有情趣，很懂交際應酬和口才了得的男生，但這些都只是能力方面的表現，讓他在職場和人際關係中更加順意。作為女友的，應該引以為豪，而不是經常因為自己的想像而大吃乾醋，不斷質疑他的忠誠。這種質疑除了會影響大家的信任外，更會對男方產生很大的心理壓力，隨時會成為下一次爭吵的導火線。

男女日常

15/16

　　一個善於與女生溝通和有情趣的男生，對女生的殺傷力絕對不能低估。不過，即使你的男友符合暖男的標準，也不必過度擔心，更不應動不動就向他大興問罪之師，把未確定的事情說得似層層，而你可以做的不是進行更多的管制，而是給予他自由。

　　給予對方更大的自由，讓他能夠實現自己的夢想，感受你的信任，他自然會因為活得更快樂而對你生起感恩之心。同時，你也可以通過給予自己更大空間，進一步培養自信和更加自愛，令自己成為一個不再抱怨和猜嫉的快樂女生，令你的男人心甘情願地守候在你的磁場內，並以他的專一回饋你。

　　自由是每個人與生俱來的基本渴望，適當的放任對雙方都有好處。記住，**你無法用力抓緊男人的心，卻可以讓自己成為一枚有魅力的磁鐵，令對方的心自然向著你走。**

2.7

男友邀約一起去旅行，
但你想分開房間睡……

情境

男友知道你很喜歡歐洲，於是約你參加歐洲十天遊，剛聽到的時候，你感到非常興奮，但男友表明這是情侶推廣套餐，必須和他同房，而你卻暫時不想與他同房，該如何處理好？

同房？

我想分房……

 如果

面對這種兩難情況，你會選擇向男友提出分房的要求嗎？

15

我會說出我想分房睡的意願。

16

我不希望影響大家的關係，所以不會提出要求。

15

我會說出我想分房睡的意願。

我認為我們的關係還沒發展到這種程度，雖然對方曾經多次暗示有這方面的需求，但都被我一一推卻了。這次，他要求一起參加這個情侶旅行團的動機實在太明顯了，我會說清楚我不想同房的意願，如果對方不接受，我寧願不去。

16

我不希望影響大家的關係，
所以不會提出要求。

或許只是我的思想比較保守，大家去旅行同
房，也不一定會發生親密的行為。如果我拒
絕他的邀請，可能會令對方失望，所以還是
順其自然吧。

想深一點

從男生的角度看，如果還未與女友發生過關係，旅行會是很好的切入點，只要女友答應一起旅行，就等於默認與自己同房了。如果女友覺得必須分房，男友或許會非常尷尬——為何願意一起旅行十天的女友，會不願意與自己同房呢？

而大多數女士都會在應約旅行時，首先想到是否與男友同房的相關問題。女士不願意與男友同房的原因，通常包括：

① 和男友的關係還未確定，不想自己陷入太深；

② 對男友信心不足，擔心過早有性行為反而令對方離棄自己；

③ 自己性冷感，對性帶有恐懼的觀念和想法，不輕易踏出第一步；

④ 宗教原因，不希望違背有關規條。

　　如果你也有類似原因，不妨坦白地向男友說清楚你的想法，雖然對方不一定會樂意接受，不過總比你甚麼都不說要好。畢竟，作為你的男友，也必須接受一些考驗和耐性的測試，如果連這些障礙都跨不過，你認為，他真的是你想要的嗎？他以後能給你幸福嗎？

　　如果以上都不是你的原因，很可能，你只是擔心與男友的第一次可能出現的不確定因素罷了。建議你不必過度憂慮，因為這些都是很自然的事情，性也只是情侶表達愛的一種方式，只要準備充足就可以了。萬一當時你真的不喜歡，不能接受，你大可到時才提出來，相信對方也不會強人所難。更重要的是，他現在給你的感覺是如何，你們是互相信任嗎？你和他一起有安全感嗎？你願意與這個人多走一步嗎？如果你的答案都是比較正面的話，你很可能只是杞人憂天罷了，讓自己放鬆點吧。

　　當女生答應和男友一起去旅行，同時默認與他同房的安排，其實代表了她嚮往在旅行的過程中與伴侶有親密行為。由於旅行的氣氛浪漫，人的心情也會比較放鬆，這都為女生提供了更容易投入和陶醉其中的內外在條件，令旅行對感情的提升有更重大的作用和意義。

2.8
女友經常疑似口是心非……

情　境

作為一個初入情場的男生，女友的口是心非經常令我不知所措。我覺得男生要搞懂女生真的不容易，女生的思維好像來自另一個世界，對於男生來說，真是難以捉摸，所以很擔心以後會常常因為誤解而吵架，我該怎麼辦呢？

如果

在口是心非的女友面前，你會完全相信她所說的每一句話，還是以完全相反的方向解讀她的說話呢？

15

我會完全相信女友的說話。

16

只要多花心思，就可知道她背後的用意。

15

我會完全相信女友的說話。

但話雖如此，我認為口是心非的溝通方式完全不值得鼓勵，既然是情侶，何不實話實說，而要刻意轉彎抹角呢？迂迴的溝通方式，不但容易導致誤解，也沒有效率。我認為必須矯正女生這方面的思維習慣，而不是由男生去遷就她們。

只要多花心思，
就可知道她背後的用意。

我認為口是心非只是女生與生俱來的一種能
力，目的是試探伴侶是否對自己有深入了解
和重視 ── 這就是女生的思維模式，非常自
然，根本與對錯、好壞沒關係。要贏得女生
的芳心和懂得與她相處，男生必須花點心思，
突破自己的理性思維，以摸索和適應女生的
思維習慣，這樣才是真正的好男生。

想深一點

　　女生說不想，就是想；女生說不喜歡，其實就是喜歡——相信很多男生都有過類似的經歷。當然，我們不可以直指女生所說的每一句話都與她的原意相反，但**女生的確很喜歡以口是心非的方式與愛人相處。而且，女生很少會直接告訴男生她需要甚麼，尤其是當她鬧情緒的時候，女生明明想你做的事情，你問她，她偏偏會告訴你不要做。**

　　女生會覺得，如果男生能夠突破她口頭上的反對，而堅持做些可以讓她開心的事情，她會把對方不惜一切的堅持，看成是愛的表現。可惜的是，不少比較理性的男生往往會把女生說出口的拒絕當真，把已經說出口的善意收回。然而，當女生聽到你主動提出善意後，雖然一方面表示了拒絕，卻依然會對你有所期待，希望你能夠直接去做這些事情，而不必凡事先獲得她的口頭批准。**如果，男生很輕易把女生笑而不答的沉默或隨便說出的拒絕，解讀為「我真的不想要」的意思，女生會覺得男生不夠了解她，而這種不了解，也會被女生看成是男生不夠重視自己的表現。**

其實，男生要搞懂女生說話的真正意思並沒想像中困難，只要你用心感受和客觀地留意女生說話時的語氣、表情，和明白女生需要在親密關係中保持被動和矜持的心理，自然會比較容易得知她說話背後的真正意思。舉個例，假如你打算親吻女友，你不會詢問對方是否容許你這樣做，而是直接找個機會吻她便是。就算她帶著笑容拒絕你親吻的要求，你依然可以繼續親她，以你的行動突破對方的簡單拒絕，反而可以贏得女生的歡心。

總的來說，**不要直接把女生對你說的每句話都當真，更不能簡單的把女生說的話都視作相反意思。**由於兩性思維非常不同，男生需要更多的耐性，通過長期用心觀察，自然能夠把女生的真正意圖弄清楚。聰明的男生別再用你的理性頭腦分析女生給你的回答，不要再理所當然地解讀女生給你的所謂拒絕回覆，因為你的理性邏輯根本不能有效地理解女生的心思。

2.9

女友經常翻舊帳，忍？不忍？

情 境

情侶鬧意見和吵架本來
是很平常的事，可是女
友卻經常藉著一些小事
而翻舊賬，明明是很小
的問題都馬上被說成頭
條新聞一樣，令衝突加
劇。雖然對方責備的也
曾經是事實，但這種相
處方式卻漸漸成為你的
負擔……

如果

你的伴侶都經常藉故翻舊賬，你會選擇默默忍受嗎？

如果我曾經做錯事，傷害過對方，被翻舊賬都是很正常的事。

我會要求對方停止翻舊賬。

15

如果我曾經做錯事，傷害過對方，被翻舊賬都是很正常的事。

所謂「一次不忠，百次不容」，雖然我已承諾改過，但對方擔心我會依然犯錯，所以才會經常提醒，亦是無可厚非的事。我可以做的，就是繼續包容她的不安，希望有一天她會對我重拾信心。

16

我會要求對方停止
翻舊賬。

即使我以前做過傷害過對方的事，不過已經
過去很久了，連我自己都幾乎忘記，可是對
方卻總愛借題發揮，把今天發生的事與過去
捆綁在一起，將問題的嚴重性放大，有時候
甚至因此而冷戰幾天，這又何必呢？所以我
認為是時候停止這種無休止的循環了。

想深一點

多數女生都會執著於曾令自己傷痛的經歷，在親密關係中翻舊賬也是理所當然的事。她們覺得男生只要錯過一次，就會有再犯的可能。當男生的行為有疑似再犯的蛛絲馬跡，她便會馬上與過去的故事聯想起來，向男生發出強烈的警告，提醒對方曾經令自己成為受害者，令他對往事再次感到愧疚和更願意遷就自己，並期望在衝突中得到對方更大的尊重和保證。

但對男生來說，現在是現在，過去是過去，沒有必要把兩個不同時空發生的事情混為一談，令事情複雜化，否則只會令眼前的問題更難解決。**當女生舊事重提時，男生可能會感到愧疚、氣憤、恐懼和無奈，在吵架的過程中，很容易觸發他的抗拒情緒。**男生會千方百計地阻止女生繼續翻舊賬，包括指責女生無理取鬧。當說不過女生，便索性閉嘴不說，或者離開現場，迴避了事。

女生會經常翻舊賬，是因為還未真正原諒曾經犯錯的對方，還未真正放下過去的傷痛，因此，任何的小事都能

觸發尚未療癒的傷口，使她再次尖叫，而翻舊賬只是害怕
再次被傷害的直接反應，提醒男生這些往事對自己的嚴重
性和傷害性。

但要明白，**你一天不願意放下過去的傷痛，就等於不
放過自己，這都會使你的內在傷口難以療癒起來**。如果你
因為對方現在的行為而認為他必然再犯，那是因為你假設
了昨天與今天的他完全是同一個人，但這是不可能的。

當伴侶做了一些令你不快的事情時，請停止搜索過去
類似的檔案，不妨單純地站在現在的時間點觀察，眼前的
事情便不會被你的思想複雜化。在沒有背負過去思想重量
的情況下，問題便不會再被過去的傷痛無限放大，最終，
所有的相處問題都會變得更真實、簡單、直接，更容易被
處理。

2.10

應該要對另一半抱有期望嗎？

情　境

另一半經常對你說，與你一起時感到壓力很大，覺得無論自己做了甚麼，付出了多少，都好像無法滿足你似的。最近，你們吵架的次數愈來愈多，你覺得可能與自己對對方的期望有關，不過，愛一個人自然會有所期望和要求，難道這都有錯嗎？

如果

對方認為壓力的來源是來自於你的
期望，你仍會維持這種想法嗎？

15

對伴侶有期望
是很正常的事。

16

我不會對伴侶
抱有期望。

15

對伴侶有期望是很正常的事。

我愛這個人，所以才會對他／她有期望和要求。因此，問題不是我應不應該有期望，而是對方要如何滿足我的期望，同時，我當然也會盡量滿足對方的期望，當大家的期望都能被對方滿足，不就是一對完美組合嗎？

16

我不會對伴侶抱有期望。

我不認為期望是必要的，事實已經告訴我，如果總是為了滿足對方的期望而活，雙方都會感到很大的壓力。因為期望愈大，失望一定愈大，容易導致雙方的不滿，這又何必呢？何不輕輕鬆鬆地享受沒有期望，也沒有壓力的相處方式呢？

想深一點

　　你可能一直認為，對伴侶有期望是理所當然的事，因為你是對方的另一半，你有權力和理由要求對方達成你的期望。事實上，你只是把自己認為是對的和好的標準，強加於對方身上。你能否快樂必須由對方能否滿足你的期望而決定，結果你會變得非常被動，並因而經常感到期望落空所造成的痛苦。

　　當你對別人有所期望時，就如同把主動權交給別人，而你亦只能在別人滿足了你的期望以後才能開心。如果真實結果與你的期望有所偏差，你便會感到失望。當你愈失望，你會感到愈害怕，令你不斷制定更高、更難達到的期望。你對目標的盲目期盼是一種執著的思維，讓你經常不期然地增加自己和對方的壓力。當你無形中施加的壓力愈大，對方的心就會愈抗拒，並開始對你的要求和期望反感。最終，你的期望只會變成實現你所想的阻力，而不是助力。

　　其實，你毋須對另一半抱有任何期望，這雖然聽起來有點不可思議，不過，**當你真的做到不帶期望地與伴侶相**

處時，便會明白為何一段不帶期望的親密關係，才是兩個相愛的人最真實、最親密的互動關係。因為當你活在期望時，你只是不斷與一個想像中的人相處，而不是你眼前那個真實存在的人。真實的他／她永遠無法完全滿足你所想像和期望的所有要求，所以你的失望和不快樂也必然是無可避免的。

　　嘗試勇敢地把原來對伴侶的所有期望都放下，看看會有甚麼事情發生？你毋須擔心會因而分手收場，當你真的能夠放下期望，相反地，你將會不再因為期望落空而感到失望、受苦和生氣，同時，對方的壓力也會減輕很多，摩擦的減少，將為你們的相處帶來更多的快樂和自在。

三星難度

情境題

3.1

我忘記了
今天是甚麼日子！

情 境

今天是你與女友拍拖三週年的紀念日，而你卻因為工作繁忙而忘記了這大日子，直到女友問起你這個問題，你才恍然大悟。你不但對慶祝毫無準備，你連如何回應對方也不知道……

如果

你終於察覺忘記的甚麼日子，你會承認忘記，還是假裝神秘呢？

15

我會承認忘記這重要日子，並向對方解釋原因。

16

我會假裝早有準備，然後想法子如何補救。

我會承認忘記這重要日子，並向對方解釋原因。

如果對方愛你，她怎會不體諒你呢。別自作聰明，以為隨便編個故事出來就可以過關，女生心如明鏡，萬一你說不清楚，反而會有反效果呢。

我會假裝早有準備，
然後想法子如何補救。

女生對這些日子都比較上心，所以男生無論
如何都不要承認忘記。雖然才剛剛被女友提
醒，我會故作鎮定地說：「年年都和你一起慶
祝的日子，你以為我會忘記嗎？」然後找個
藉口上廁所，並立刻用手機打去附近的酒店
訂位吃晚飯及買花，希望可以化險為夷。

想深一點

女生普遍對生日、紀念日、情人節和聖誕節等日子特別重視，期望情人會在這些日子對自己表現得特別殷勤，會預先安排慶祝節目和抽空陪伴，女生更會以男友當日的表現來評價他有多愛自己。因此，當女生一直等待著男生為自己精心炮製的意外驚喜時，男生卻因為某些原因而忘記了，可想而知，她必然會感到非常失望，甚至會懷疑對方是否愛自己。

至於男生，則未必會如女生一樣，把日子看得無比重要。他們認為這些日子只是一些讓自己和伴侶可以輕鬆一下的機會，也是商人極力推動用以刺激消費的藉口。可以說，男生是因為女生對這些節日的重視而重視。假設女士不再那麼重視這些節日，相信不少男士都不會特別再花心神和金錢在這些節日上。

其實，這些特別的日子和平常的日子，在本質上又有何不同呢？它們都只是生活的片段，所謂的特別意義都只是社會和自己添加上去的。如果能夠在一些大家都認為是

特別的日子慶祝一下，吃飯旅行，當然是賞心樂事。不過，如果因為一方遺忘了某個日子而令兩口子吵起來，甚至懷疑對方是否重視自己，這又是否有點小題大做呢？

　　與其等待每年數次的節日感動，不如在平常日子把愛的事業經營好，每天都珍惜和慶祝你們的親密關係，那麼每天都會是你們的特別日子。當女生能夠經常感到男生給予的愛，自然會減低對特別日子的重視和期盼，因為，她每天都已經活在被愛的滿足和感動之中了。

3.2

有發現我多了
皺紋和發胖了嗎？

情境

你和女友一起已經十年
了，早已有種老夫老妻
的感覺，結婚也只是時
間的問題。某天，她突
然問你：「最近我的皺紋
多了，身體也胖了幾磅，
你有發現嗎？」雖然她
的確多了皺紋，也好像
發胖了一點，但你其實
不怎麼在意，也不會介
意這些變化，究竟我要
對她說真話，還是說些
美麗的謊言呢？

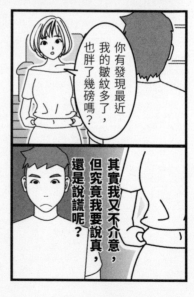

如果

情人問起這些問題，你又會如何回應她呢？

我會把她口中所謂的缺點淡化或美化。

我覺得這是女友的測試，所以我不會說真話。

15

我會把她口中所謂的缺點淡化或美化。

例如說:「可能我已經有老花了,你說的細紋我怎麼看不到呢」、「我覺得女人豐滿一點會更性感」、「你老了,我也會和你一起老,這是很自然的事,老也不等於難看呀,老自有老的美,每個老人都有一種充滿經歷和智慧的成熟美」。

我覺得這是女友的測試，
所以我不會說真話。

這些問題只是女友測試男友有多愛自己的方式，女生希望知道男友是否經得起女生外表變化的考驗，會否因為外表的衰老而嫌棄自己。其實女生只想聽到男友願意對自己說些安慰的說話，一些能令自己感到被愛和窩心的甜言蜜語罷了。

想深
一點

這個年代，不少初中女生已經與同學每天分享護膚和美容的心得，女人天生對美麗的追求可見一斑。**對於已經有另一半的女人來說，美麗更被認為是一種能夠令自己保持吸引力的需要，令男友被自己的外在美所吸引，以留住對方的心。**女生有這種想法其實也不無道理，因為大多數男生都是以貌取人的，尤其在剛認識異性的時候。

外表往往是男生評價首次見面的女生的主要指標，所謂的外表，大多是指面孔和身材，視乎男生的年齡和品味而有所不同。不過，**當男生與女生建立了親密關係後，他看自己女生的標準便會隨之而改變**，相處的時間愈長，改變也會愈大。一個已經在親密關係數年的男生，很可能已經不再那麼關注女友面上是否長了痘痘，或者身材胖了多少，因為多年的相處早已令男生對女友的外表留下固定的印象，猶如烙印一樣，因此輕微的外表變化根本無法改變他對女生的認知。

在男女相處的過程中，女生對男生的試探形式可謂層出不窮、無奇不有，目的都幾乎一樣，那就是獲得男生愛自己，重視自己的保證和承諾，從而令自己感到更安心和滿足。女生最希望聽到男生對自己說的，是無論她的外表變成怎樣，都依然愛自己的真心話。

真正的愛超越身體，也不受限於思想。只要你深深地注視伴侶的眼睛三分鐘，便會無可避免地觸碰到對方的心靈——一個真正的他／她。所以，當你與伴侶的愛已不再局限於對方不斷變化的身體和思想，雙方的感情便能超越表面的一切而變得歷久常新。一天當大家都年事已高，已經在心靈層面相愛的你們，還需擔心對方會因外表的變化而不再愛你嗎？

3.3

未婚妻和媽媽同時
掉到海裡，該先救誰？

情境

你正在籌備結婚的事，一天，和女友選完婚紗後，她突然問你一個世紀大難題：「老公，如果我和你媽媽同時掉到海裡，你會先去救誰呢？」你心裡暗歎，原來你也逃不過回答這個難題的「厄運」……

❧ 如果 ❧

遇上這經典問題,你會選擇迴避,
還是直接回答她呢?

15

我會迴避這個
問題。

16

我會直接說出
心中的答案。

15

我會迴避這個問題。

我很清楚對方是在測試我會把她放在心中甚麼地位。不過我確實同樣地愛我的媽媽，在魚與熊掌的情況下，我不想對任何人說謊，所以還是盡量迴避問題吧。

我會直接說出心中的答案。

這等於問你喜歡左腳多些，還是右腳多些，
然後把沒那麼喜歡的腳放棄一樣，真是左右
為難。不過，逃避是沒用的，女友也肯定不
是今天才知道這個問題，她可能一直在等待
這個合適時機才問我，既然來了，就要面對，
誠實地說出心中的答案吧！

想深一點

　　這個問題的難度不低，**如何回答的關鍵，是要搞懂女生發問的真正動機**。女生的出發點，是希望以一個兩難的問題，確定自己就是男生最重視的人，佔據他心中的第一位置。對於女生來說，真正重要的，是男生在此刻願意表達不惜一切先救自己的心意；她真正在乎的，並非男生在危難時真的會怎樣做，而是享受男生給予自己特殊優待的意義。其實，根本沒有人可以預測自己在遇上危難時的真實反應，在危急關頭、千鈞一髮的關鍵時刻，理性分析已經無法作用，取而代之的往往是源於心靈的直覺。

　　明白這個道理後，你只需問問自己的心，你這一刻愛自己的老婆嗎？她在你的心中有多重要呢？如果內心的回應是正面的，請你堅定地對老婆說：「這一刻，我肯定會先救你。」如果她問你原因，你只需說沒有理由便可，因為這不是經過分析的結果，而是來自你愛對方的事實。

　　作為女生，**如果你的男人真的難以抉擇，也請多體諒他，因為典型的男生是非常理性的**，當他碰到兩難或互相矛盾的問題時，他習慣以邏輯的角度分析問題，然後因為

陷入對與錯、合理與否的思想漩渦而走不出來。所以，當他不能給你一個很滿意的答案時，不必簡單地以為他不夠愛你，更不需失望，因為他很可能只是受困於自己的理性思維罷了。

這個老掉牙的問題可能出現過數以千計的答案，有些答案的性質是開玩笑的，有些是文字遊戲，也有些只是巧辯，無論是哪一個版本，作為一個假設性問題，根本沒有標準答案。問題的重點是，既然只是個假設的情況，何不好好藉此機會，超越你一直依賴的邏輯及對錯思維，單純以感性的角度，向你的愛人表達重視和愛意呢？

從另一個角度想，假如每個男生都選擇先救老婆，你的爸爸不就是那個負責先救他老婆，也是你媽媽的人嗎？結果，兩個你最愛的女人不就都可以安全脫險，天下太平了嗎？

3.4
追求者出沒！
你會告訴情人嗎？

情境

你和情人感情很好，雙方都認定對方是未來的結婚對象。但最近，你發現公司有異性同事對你大獻殷勤，展開猛烈的追求攻勢，看來下一步就要向你表白了。

如果

遇上追求者時，你會主動告訴情人關於被追求的事，還是當沒事發生，一直隱瞞下去呢？

為免情人多疑，不如不說。

我會把情況一五一十告訴給情人知道。

15

~~~~~~~~~~

為免情人多疑，不如不說。

~~~~~~~~~~

我不會告訴情人關於我被追求的事，以免令
對方多疑，增添自己的麻煩。加上我和情人
的關係很不錯，而我對追求者也沒有興趣，
所以說出來只會節外生枝，不提也罷。

16

我會把情況一五一十
告訴給情人知道。

別人喜歡我,是別人的選擇,我亦控制不了,
況且我已經有愛我的人,我覺得一段互相信
任的關係不應該有隱瞞的地方,刻意隱瞞亦
是很累人的事情,既然如此,何不坦白告之
實況,共同分擔和解決這個難題?

想深一點

尚未結婚的男生，普遍不會堅定拒絕主動對自己示好的女生，如果不想接受對方的心意，男生通常會低調處理或不了了之。也有些男生，會對女生的示好引以為傲，有機會便在朋友面前炫耀一番，但這舉動反而容易令傾慕者產生誤會，以為仍有機會跟自己發展，令情況變得更複雜。

而對於一個已有穩定和滿足感情關係的女生來說，被人喜歡並不是一種樂趣和很值得高興的事情，萬一遇上野心較大的追求者，更可能是一種煩惱。因此，女生寧願把別人喜歡自己的情況如實的向男友通報，以觀察男友的反應，光是看見男友為自己而抓狂，已能令她感到無比欣慰和觸動，同時也能獲得男友對自己加倍的信任和重視，這何樂而不為呢？

當男生遇上女性追求者時，不妨先不要告訴女友，因為她知道了以後，難免會多疑和憂慮。同時，男生只要意志堅定，對追求者沒進一步的回應和行動，在沒有任何催化條件下，女方一般都會知難而退，愛情的種子始終難有發芽的機會。

　　如果女生遇上了男性追求者，只要你與男友有足夠的信任基礎，建議不要刻意隱瞞事件，你可以輕描淡寫的主動向男友說出你所察覺的事實，這除了可以避免不必要的誤會，更有助加強彼此的信任，對關係會有正面影響。原因是，男性追求者一般比較主動，就算知道你已有固定對象也不一定會輕言放棄，有些甚至會死纏難打。萬一你遇上頑固的追求者，請及早讓男友了解狀況，主動向他尋求幫助，和他一起面對和解決問題，這未嘗不是個能令關係升級的方法。

　　在我們的人生中，除了真命天子／天女外，總會遇上其他喜歡自己的人，這是很平常的事，不必大驚小怪。緣分就是如此，要來的時候自然會出現，你永遠不知道會在何時何地遇上。重要的是，你會如何應對這些人生經歷，從中了解到自己要選擇成為一個怎樣的人。

3.5

感情需要保鮮嗎？

情 境

你們在一起已經很久了，對方的存在早已變成一種慣性，你們好像互相了解，卻又感覺陌生；雖是情侶，卻更像一起生活的朋友。你覺得戀人不應該是這樣的，因此你經常在想，一段無法保鮮的感情關係，真的可以長久嗎？

如果

你感到情人的關係更像朋友，會覺得感情需要長期保鮮才長久嗎？

我認為感情要長期保持新鮮感是非常重要。

我不認為感情需要靠保持新鮮感的方式去維繫。

我認為感情要長期保持新鮮感是非常重要。

如果感情缺乏新鮮感去維繫，也沒有用心經營關係，兩個人的相處必然變得平淡枯燥。感情要長久，光是相愛是不夠的，還必須懂得在相處方面下功夫。

**我不認為感情需要靠保持
新鮮感的方式去維繫。**

新鮮感只會在關係剛開始時出現。隨著相處日久，互相了解日深，新鮮感便會自然減退，相同的兩個人怎可能永遠保持新鮮感呢？我覺得要一段親密關係長期保鮮既不實際，也沒必要，只要兩個人依然相愛，互相珍惜和尊重，自然可以天長地久。

想深一點

在女生眼中，新鮮感是能夠令關係保持熱度和激情的元素，就如剛認識伴侶時一樣，會因為對方的新鮮感而感到興奮，並渴望更進一步了解和探索對方的一切。當新鮮感隨著時間遞減，當初令人興奮的感覺便會逐漸消失。男女關係最重要的要素是保持戀愛的感覺，為了令關係保溫，確保雙方不容易厭倦對方，因此很多女生都希望在關係裡面會有不斷的驚喜，例如收到小禮物、去不同的地方過二人世界等。

男生在這方面的想法與女生大不相同，他們覺得，兩個人相處多年以後，互相吸引的重點自然不再是新鮮感，而是溝通方式和價值觀是否相近等，這些才是令關係持久的主要因素。所以，男生普遍不認為有長期維持新鮮感的需要，也覺得這是女生一廂情願的想法。

兩個人一起生活的時間愈長，自然會對另一半更了如指掌，新鮮感便會隨之下降。如果相處的方式僵化，雙方缺乏深入溝通，關係便可能變成一潭死水，容易令人生厭。

相反地，如果親密關係能夠長期保持一定程度的新鮮感，便會對對方保持未知的好奇心和探索的慾望，產生一種更主動親近對方的動力，衍生更多促進關係的想法和行動。

　　所謂的「保鮮」，也是一種相處之道。你毋須刻意營造巨大的改變，也許你可以為對方製造不同的驚喜，但不必要太在意這是否要為了令對方覺得有新鮮感。**真正重要的轉變必須由心態開始**，例如你可以放下對伴侶的原有想法，不再批判，看清一個更真實的他／她。事實上，每個人都在不斷改變，無論是你和伴侶，在每一刻都是不一樣的，而你的想法卻可以把你一直困在某種思想模式之中，令你看似一成不變。只要你能夠打開心扉，接受你們每一刻都是不一樣的真相，便會發現自己和伴侶在每一刻都是全新的，然後你便能不斷以全新的自己愛上全新的對方，這樣的關係，還會缺乏新鮮感嗎？

3.6
當見家長遇上
難題時……

拍拖兩年，對方覺得已經到了見家長的時候，因此，你帶著戰戰兢兢的心情赴約。交談期間，對方的父親突然問起關於你的家庭收入狀況，你覺得這些都是你家人的私隱，不便回答……

❦ 如果 ❦

當你遇上這個尷尬場面，又會如何處理呢？

15

客氣地告訴他，由於是家人的私隱，所以不便回答。

16

我會說，不清楚家人的收入情況，然後盡快轉移話題。

15

客氣地告訴他，由於是家人
的私隱，所以不便回答。

因為這涉及到我家人的私隱，恐怕不太方便
說出來。但如果是其他關於我自身的問題，
我一定會很樂意回答。

我會說，不清楚家人的收入情況，然後盡快轉移話題。

我希望他不會再追問下去，同時我會盡快轉移話題，例如說一些關於我們拍拖的經歷和感受，讓對方把重心放回到這段關係的了解。

想深一點

　　當被問及尷尬的問題時，女生的回應通常會比較間接和世故，盡量避重就輕，不會直接硬碰或拒絕對方。她會覺得對方是長輩，必須給予最大的尊重，況且，這是第一次與男友的父母見面，更應該顯示自己在談吐和行為方面的禮貌和修養，期望在兩老面前留下美好的印象。此外，**女生通常也比較擅長揣摩長輩的心理，懂得在溝通過程中把握分寸，平衡各方的感受，以達至最大的和諧氣氛。**

　　至於比較理性的男生，說話都會比較直接，寧願把真正的原因說出來，也不選擇隱瞞事實。他們認為誠實是一種責任和美德，一個負責任的男生才能得到伴侶和對方家長的尊重。所以，他很可能選擇以事實回應難題，並以最大的誠意化解可能引起的尷尬局面。

　　男生除了要努力表現你的優點外，也要避免浮誇，因為在中年人的眼中，你可能還只是個「大細路」，一個有機會照顧自己女兒的年青人。對方的父母會利用這次見面的機會初步評估你的為人，看看你是否適合女兒的潛在對

象。當然，一次見面不可能會帶來深入的了解，所以，你更要好好把握這次機會，給對方留下好印象，把握時機向對方父母展現你作為一個男生所具備的特質，例如誠實、能力、承擔和責任感等。

女生方面，情況會簡單一些，因為對方父母對兒子女朋友的要求通常不會太挑剔。你只需要好好展現自己的女性特質，例如賢惠、有禮、大方等，同時注意衣著裝扮，並在見面過程中突顯自己的孝心和細心，因為以上的特質都會特別吸引對方母親的欣賞。當被問及比較尷尬的問題時，以友善的笑容回應對方，也不失為一個有體面的回答方式。

嚴格來說，第一次見家長也可視作人生值得紀念的經歷，因為這可反映你與伴侶關係的正式確立。**基於先入為主的心理，第一印象往往扮演比較決定性的作用，因此意義重大，需要特別重視。**不過，無論你選擇向對方家長展現的是哪種特質，都必須與真實的你相符，而非完全虛構出來的優點，這樣才能為長遠的關係建立穩固的基礎。

3.7
我們的將來會怎樣？

你們在一起已經五年，你覺得自己的經濟基礎還沒有打穩，所以一直不敢多想結婚的事。可是，情人卻主動提出了這問題，你不得不給予回答……

如果

被問到將來的路向，你會如何回應呢？

15

直接給予承諾，
令對方安心。

16

世事難料，不
會給予肯定的
承諾。

直接給予承諾，
令對方安心。

如果我打算和對方結婚，我會直接給予承諾，
盡量令對方感到安心。如果我認為需要再多
三年才能結婚，我會說明我的想法，要求對
方多等三年；同時盡量描述我對未來的計劃，
希望獲得對方的諒解和支持。

**世事難料，
不會給予肯定的承諾。**

我知道結婚的事情已經拖了很久，但在經濟
基礎上確實未做好長遠的準備工夫，我會盡
我所能向對方講解情況，但始終世事難料，
而我亦是一個負責任的人，所以不會輕易開
出任何承諾。

想深一點

　　談到終身大事，女生通常會變得特別清醒和現實，因為婚姻對她們來說，是一生的幸福所在，不容兒戲和輕率。當女生停留在一段關係數年以後，難免會因為年齡漸大而感到壓力和焦慮，希望能夠盡早確定男友是否就是未來的丈夫。如果有任何跡象令女生懷疑，她便會失去安全感，甚至對關係失去信心。當出現合適的追求者或結婚對象時，她便有機會離開原來的關係，重新開始。

　　男生普遍對婚姻並沒有太多的想像和期望，一般都希望事業初步有成後才考慮結婚。除非受到女友或父母的壓力，他才會主動回應結婚的要求，因此，當被女友問及未來會如何，以及何時結婚時，男生往往都沒有人充分的準備。這個時候，男生會盡量向對方描述一個充滿憧憬的未來，期望她能夠按照自己的步伐而行，而不是因為滿足女方或其家人的需要而把計劃臨時更改，破壞自己的大計。

　　結婚是兩個人的事，當然不能由任何一方獨自決定。如果男生心中已經選定了結婚對象，建議在做未來計劃的

時候，與女友一起參與，共同制定目標和一起實踐計劃。
當然，計劃只是計劃，不一定能夠完全實現，一個多年的
計劃難免會在過程中出現變數，令部分細節有所偏差。因
此更重要的，是結合兩個人當時的真實意願而作出最終決
定，例如當意外有了孩子，計劃很可能會因而被打斷，那
個時候，你們需要商量的已經不再是計劃是否落實，而是
如何應對眼前的最新變化，並盡量順應變化，走出一條兩
個人都認同和接受的路。

　　每個人都可以嘗試計劃自己的人生大事，包括買房、
結婚、生孩子等，可是，這都只是一些理想化的人為安排。
而**真實的人生，可能會以各種難以預計的方式呈現，有時
甚至令你措手不及。因此，在做計劃的同時，必須預計變
化發生的可能性**，培養隨時迎接變化到來的心理準備和反
應，因為，人生本來就是一連串不可預測的事件，也是其
精彩之處。

3.8

有情飲水飽？
開玩笑嗎？

情　境

和女友談到結婚的話題時，對方說沒房子就不會嫁給你，你覺得她是認真的。雖然你正在努力儲錢，不過，距離能夠負擔付首期的日子還很遠，你不知怎麼辦才好……

如果

你遇上這種現實的難題，你覺得
「有情飲水飽」真的存在嗎？

「有情飲水飽」
只是童話，必
須正視生活的
現實問題。

「有情飲水飽」
是有可能的，
愛情不應受物
質生活所主導。

15

「有情飲水飽」只是童話，
必須正視生活的現實問題。

如果每天都需要為生活開支而煩惱，在沉重
壓力下生活，夫妻之間還會開心嗎？我看是
不可能的！麵包是愛情的基礎，沒有基礎，
談情說愛都不過是一種奢望。

「有情飲水飽」是有可能的，
愛情不應受物質生活所主導。

我會把感情放在第一位。生活能夠富裕當然好，因為可以在物質上隨心所欲。不過，不富裕也可以有不富裕的生活方式，降低對生活質素的要求，共同努力為改變家庭生活而奮鬥，也可以是一種浪漫，未必會悲劇收場。

想深一點

生活的保障和安全感對女生非常重要，安心的女生才有心情享受婚姻帶來的精神滿足感和樂趣，因此，**安全感是女生在情感以外的基本需求**。大部分女生都渴望在婚姻關係中獲得生活的保證和滿足，所以，當她對未婚夫提出如買車買房的經濟要求時，只是出於本能的需求，是完全可以理解的。當女生對安全感的需求被滿足，自然會把更多焦點投放在情感方面的需求。

站在男生的角度，收入豐厚固然有能力滿足女生在金錢上的需求，能讓自己的女人活得風光，自己也贏得面子。如果你只是個小白領，即使如何努力賺錢，也是難以趕上不斷創新高的房價和物價，為了實現未來成家的願望，唯有不斷節衣縮食，所以「有情飲水飽」絕非易事。

至於女生，**「有情飲水飽」的前提是突破恐懼對自己思想的控制**，方法是，當發現自己的想法是源於內心的恐懼時，便把源頭轉化為愛。例如，你必須發現自己買房才願意結婚的想法，背後的動機原來是你害怕因為沒房子會

被人看不起，是一種缺乏安全感而衍生的恐懼，但這並非事實的本身。這時候，如果你把恐懼的動機變成愛，看看有何差別？你會發現，因為愛，你只需有個能夠和丈夫一起生活的地方便足夠，那裡可能只是個租回來的二房一廳；因為愛，你對婚姻生活的期望和慾望可以降低很多，變得簡單而容易滿足。這些想法都來自一個愛的源頭，你已經把愛放在思想的最前端，代替了恐懼一直佔據的位置，而你的想法和行為，也會因而改變。

男士們亦不妨學習如何在日常生活中更愛惜你的女生，讓她成為你的女神，一個經常被懂和被寵的女生必然活得更快樂和自信，讓她的內心充滿愛，將有效抵消思想中的恐懼。當然，賺錢和儲蓄依然需要繼續，不過，節奏和程度可按新的需要作適當調整，使雙方把生活的焦點單純地放在當下，你們便能更真實的感受生活本來的喜悅和輕鬆，享受相戀的甜蜜和自在。

「有情飲水飽」在這裡的意義，是一個以愛超越恐懼的啟發，而不是說為了愛而空著肚子才是真理。諷刺的是，當你們能夠更多的活在當下，而不再把思想投射在對未知的恐懼時，反而會容易獲得精神和物質方面的豐盛。

3.9

把儲蓄用在搞婚禮好，還是付房子首期好？

情境

你們預計一年後結婚，可是儲蓄依然比較緊張，如果用部分的錢辦個夢幻婚禮，便付不起房子的首期。如果婚禮從簡，省下來的錢便能支付首期。你們正在為選擇辦盛大婚禮，還是先買房子的問題而左右為難。

如果

這是你必須處理的問題，會如何抉擇？

15

先買房子，婚禮在日後補辦就可以。

16

我覺得婚禮比甚麼都重要。

15

先買房子，
婚禮在日後補辦就可以。

難道辦一個非常隆重盛大的婚禮，然後住在一個小小的出租屋會令人感覺良好嗎？答案非常明顯，婚禮可以先不辦或者從簡，把儲蓄留在買房子之用，過幾年當房子升值後，再補辦大型婚禮，不就令大家都更輕鬆和開心嗎？

我覺得婚禮比甚麼都重要。

和買房子不同，買房子是實用性的，婚禮卻
是代表兩個人因為愛而結成夫妻的神聖儀式，
很有象徵意義，不可兒戲。所以，我認為必
須在結婚的時候，把錢先花在婚禮上，才能
為夫妻留下一個畢生難忘的美好印象。買房
子，隨時都可以，也可以買很多次，而婚禮
卻是一生一次。

想深一點

　　大多數女生都對結婚有根深柢固的傳統觀念，認為結婚是一生人只有一次的事情，**必須以某種方式完成**，如辦大型婚禮、挑選婚紗、拍婚紗照、浪漫蜜月之旅等，對她們來說，這些步驟都是人生最神聖和重要的環節，更是感情生活的里程碑，是向全世界展現幸福指數的告示牌。一個沒有經歷過這些儀式，或者只以簡單形式結婚的女生，無論以後的婚姻生活有多美滿，內心都可能會留有一絲的遺憾。

　　男生對結婚儀式的看法與女生完全不同，他會覺得儀式的主要意義，是為了滿足和討好未婚妻的心理需要，以及履行一項人有我有的例行手續和責任，甚至會認為這是相當累人和花費的負擔，是討老婆的必然代價。**除了享受度蜜月外，大多數男生都會希望其他儀式能夠快點完成，以便自己能夠早日回到正常的生活之中。**

　　所以，當男生需要在買房子和辦盛大婚禮之間做個優先抉擇時，「先買房子，後辦婚禮」很大可能才是真心話，

因為買房子更能符合男生比較實際的價值觀，但由於不希望妻子失望，所以男生大多會把選擇權讓給妻子，而自己只負責把各種利害關係說個明白。

既然婚禮對女友如此重要，作為丈夫的，又怎忍心不滿足她呢？在一生中，買房子可以晚點做、隨時做、不斷做，而能讓她一生無悔的婚禮卻是不容有失的。當然最理想的，還是雙方都能達成先後次序的協議，無論先完成哪一件事，事後都不要有抱怨和後悔。

3.10

每次親熱都得不到性滿足……

情　境

你們一直有性生活，而你卻從來沒有在性方面得到滿足，令你覺得這段關係有所缺失，有種不踏實的感覺，慢慢地形成了內心的一根刺。你們快要結婚了，你很渴望婚後的性生活會有所改善。

如果

在性方面得不到滿足，你會選擇直接說出感受，還是繼續默默忍受？

15

我會把心中感受一五一十告訴對方。

16

雖然無法得到性滿足，但我都不會說出來。

15

我會把心中感受
一五一十告訴對方。

我希望對方知道我的真實想法,一起正視問題。因為性是情侶關係中非常重要的一環,也需要雙方互相協調才能美滿。如果其中一方長期得不到滿足,除了會影響性生活外,對長遠關係也會構成負面影響。

雖然無法得到性滿足，
但我都不會說出來。

如果我從來都沒有向對方說過這方面的話題，
這真的會很難開口，也擔心說出來會讓對方
有個錯覺，認為我是個無性不歡的人，而且
說出來也可能會傷害對方的自尊心，令關係
變壞，所以還是不要說出來吧。

想深一點

　　男生對性普遍比較重視，一個長期在性生活得不到滿足的男生，比較容易滋生向外尋求滿足的慾望和想法，在機會出現時變成行動，甚至成為習慣。**不少男生經常抱怨女友或妻子無法滿足自己的性需要，問題主要在次數和時機的配合方面。**當男生經常在性方面被拒絕時，便會感到不被尊重，甚至受傷害，久而久之，就會在這方面變得被動，不再主動提出需要，形成惡性循環，結果雙方在心理和生理的距離就會愈來愈遠。

　　其實，男生大可更主動地以行動和說話挑起女生的慾望和需要，便能夠有效改善性生活的品質。畢竟，女生比較喜歡和習慣被動的角色，尤其是性方面，在不少情況下，女生的慾望必須首先被男生燃點才能產生，因此，男生要學懂如何觸發女生在情與慾方面的需要，這將直接提升自己的性福指數。

　　很多人都以為女生的性需要遠比男生少，其實是一個誤解。**男女對性方面的需求差別，主要在於表達方式和需**

要的節奏不同。如果你對性生活感到不滿，不妨在過程中主動向男方給予動作上的引導和配合，讓他更了解你的心理及生理方面的節奏和需要。如果你在頻率方面感到不滿足，也不必向對方投訴，只要平時多些以性感的衣穿、神態和行為挑逗他，最終令他主動向你提出親熱的要求，久而久之，你便能夠掌握性生活的主動權和節奏，讓你和伴侶都能獲得更大的滿足感。

在性的國度裡，說話並非最有效的溝通途徑，身體語言和神態反而是更全面、更容易被雙方接收和接受的表達方式。

日常相處小秘方

舒緩負面情緒的技巧

網上論壇問答節錄

附錄

日常相處小秘方

在漫長的相處過程中，學懂一些能夠在日常生活應用的相處技巧，將會有立竿見影的效果。只要在適當的時機使用，女生會覺得更甜蜜溫馨，而男生也能樂在其中，關係自然會變得更和諧、美滿。

給男生的建議 —— 與女生相處的小技巧

行為	例子
擁抱	多無緣無故地擁抱女生，除了從正面擁抱外，也可在女生不經意的時候從後擁抱對方。
撫摸	多有意無意地輕撫女生身體的不同部位，如背部、臀部、頭髮等。
親吻	多在對方沒有期望的情況下，輕吻女生身體不同的部位，如脖子、耳朵、肩膀、臉龐、眉心等。
稱讚	多讚美女生的小改變，例如當天的穿著、新髮型、愉快的心情、打扮的整體配搭、廚藝、對一天的辛勞表示感謝等。
關懷	平時多對女生的身體狀況及情緒表示關懷，當她生氣時要盡量令自己保持平靜並仍然關心對方、當她不舒服時多主動問候和照顧、在她情緒低落時成為對方的聆聽者、無論身在何處，最少每天發一個表達自己想起對方的訊息。
殷勤	在生活的細節中顯示你的殷勤，例如：夾菜給對方、上車時護頭、主動為對方開門及拿重物、讓座、幫忙做家務等。

給男生的建議——與女生相處的小技巧

行為	例子
交談	專心地傾聽女生對你說的心事，除非她主動要求，否則毋須提出解決方法，耐心的陪伴和傾聽往往便已足夠；在適當的時候，也可與女生分享自己的心事、感受和理想，讓對方多瞭解真實的你，通過強化雙方的瞭解有助增進感情和信任。
幽默	女生比男生更順應自然的生活規律，不太願意接受紀律性高的生活方式，當與另一半相處的時候，尤其如此。大多數女生都不喜歡自己的男人以嚴肅的語氣與自己說話，因此，男生要多發揮幽默感，多以比較輕鬆的態度與女生相處，多對女生說悄悄話，才能令她對你更傾心和陶醉。
嗜好	別過於沉溺自己的嗜好而疏忽女生的需要，大多數的女生都希望自己的男人能夠多些陪伴和關注自己，而不是把大部分的時間都放在個人興趣方面。如果男生無法大幅減少花在嗜好的時間，可以盡量抽時間陪伴女生做些對方喜歡的事情，例如陪伴女生逛街購物等。
牽手	當與伴侶外出的時候，男生要盡量騰出一隻手牽著女生。女生並非不懂平衡，而是會因為被男生牽著而感到窩心。

給女生的建議──與男生相處的小技巧

行為	例子
眼神	多以欣賞的眼神注視正在對你說話的男生,並以重視和尊重的語氣回應男生。
請教	當遇到生活上的困難時,多主動向男生請教,例如改進駕駛技巧、使用手機功能、看懂地圖、辨別方向等等;對於一些女生不太擅長,卻不必由自己處理的事情,大可主動向男生求助,請求對方代勞,這樣,反而令男生覺得自己更被重視,更被尊重,例如幫忙泊車、接駁電線、拿重物、換燈泡、進行邏輯分析等。
讚賞	凡是男生覺得自己做得不錯的事情都是你給予讚賞的理由,多讚賞對方往往令男生更重視你的需要,舉例:你可以讚賞男生工作勤奮、工作態度認真、有責任心和擔當、有理想和抱負、有能力、性格堅毅不拔、懂得逗你開心、在性方面令你很滿足等等,只要是男生引以為豪,而你也認同的優點便可。

給女生的建議 —— 與男生相處的小技巧

行為	例子
關懷	當感到男生不開心或煩惱的時候，女生可以溫柔和重視的態度，鼓勵男生在不被批評的情況下向你傾訴，如果對方並不願意，你可以安靜地為他準備一杯對方最喜歡的飲品，以行動表達你的關懷和體貼便可，然後給予對方獨自處理問題或情緒的空間和自由，避免強逼男生向你說出心事。
聆聽	當男生興奮地對你高談闊論時，請專心地聆聽對方，偶爾可以提出一些你不太明白的小問題，讓對方給你解釋，這樣的互動能夠令男生更欣賞你，因為，男生往往會更欣賞懂得欣賞自己的女人。
撒嬌	女生以硬碰硬、發脾氣的方式與男牛相處是下下之策，問題必然會變得更壞。女生只要能夠放下對贏輸或對錯的執著，便能更充分發揮女生天賦的柔性特質。撒嬌是女生以柔制剛的本能，能把男生的剛強克制和融化，令對方真正臣服於你。

給女生的建議 —— 與男生相處的小技巧

行為	例子
魅力	來自女生的誘惑能夠激發男生對你的想像和渴望，女生要懂得在男生面前經營及保持作為女生本有的魅力。女生要明白，最直接吸引男生注意的是女生的外表，包括面孔、身型、打扮和儀態舉止等。女生別以為老夫老妻便可以放縱自己，完全不修邊幅，甚至容許身型無限膨脹，保持外表的吸引力和誘惑也是與男生相處的一種技巧。
嗜好	別因為過於沉迷自己的個人嗜好如玩手機、上網、打牌、購物等而忽略了男生。女生可以通過培養一些男女雙方都感興趣的嗜好，讓大家同時參與，有助增加相處的樂趣，拉近雙方的距離，製造更多的共同話題。
烹調	懂得烹調的女生在男生心中的確更有優勢，除了令對方大飽口福以外，也可提升男生對家的正面感受，營造對家的幸福感，增加對家的黏性，令男生更願意經常回家吃飯。

紓緩負面情緒的技巧

無論你感到的負面情緒是悲傷、憤怒、妒忌、恐懼、怨恨等等，你都可以透過一些小技巧去獲得即時的紓緩。這些技巧的目的只是為你提供一個有短暫紓緩作用的方法，而並非一些能夠真正讓你超越煩惱的根本治療。

首先，請不要抗拒負面情緒的感受，雖然你大概不會太喜歡這種讓你感受折磨的感覺，但你也不一定要成為情緒的敵人。因為當你把負面情緒看成是你的敵人時，情緒只會不斷地傷害你；相反地，你可以成為負面情緒的朋友，心態上與情緒建立一種和諧並存的關係，你接受了負面情緒已經存在的這個事實，這樣負面情緒便不會繼續因為你的抗拒而加劇。當情緒與你的衝突減少了，情緒給你的傷害也會因此而減少。

第二個技巧，請你深深呼吸幾次，然後深入地、平靜地、直接地感受這種令你不舒服的情緒是甚麼，只是單純的感受而不加任何評語和想法，讓自己與這些令你害怕或討厭的感受完全同在，好奇地體會情緒在身體中引起的每一個感覺，當你做得夠專注時，你會發現，這些讓你受苦的感受會慢慢消失，起碼不會如以前一樣把你牢牢抓著。

最後，在深呼吸幾次以後讓呼吸的速度放慢，然後很專注地留意每一次的呼吸出入，只是不加評語地觀察呼吸和一併跑出來的任何念頭，你會開始進入當下，你會發現負面情緒已經不能在當下影響你，在那些片刻，請留意一下你當時的狀態，你會發現，令你覺得煩惱和生起負面情緒的原因都消失了。

為何會這樣？

因為當你能夠完全與自己的身體感受同在的時候，你便能夠短暫地深入當下，你的思想會因此而短暫停止，心理上，甚至身體上的痛苦便不能再被你的思想能量增強，痛苦的感受便會自然地減退。

痛苦的感受往往來自我們對痛苦的想法、和對想法的執著造成的。所以，當思想在當下停止，你的想法便無法把標籤貼在任何事情之上，在那個片刻，你會發現，根本沒有能夠讓你受苦的事情存在。所有的人事物都只是他們的本身，而並非由你的想法過濾出來的版本。當你不再以你的想法批判事情的時候，本來讓你感到受苦的事情會因為你的覺知而不能繼續令你產生負面情緒。

苦，其實只是你的思想產物。

網上論壇問答節錄

（以下的問答內容取自網上論壇真實發生的對話，而口語化的問題和回答內容已被重新編寫，以符合編輯方面的要求及令回答的內容變得更完整。）

Q：看到你在論壇寫的東西，我哭了。雖然我明白人生需要試煉，可是，我在愛情經歷中所受的苦真的令我難以忍受。如果做人是 了受苦，我真的寧願不來這一趟。

A：受苦是由我們的思想造成的，而並非一個事實。你們能夠成為夫妻，也是你們在某個關於愛的維度共同做的約定。雖然你可能感到過程很辛苦，可是，愈讓你受苦的人生經歷往往也是對你最重要的人生功課，你需要完成你的功課才能平衡你和伴侶之間因果業力，才能得到你的心靈一直渴望的養分。

你需要通過受苦的經歷而超越讓你受苦的包袱，重回你本來就可以快樂的本質。每個人的經歷其實都只是一些表象，重要的是每個表象背後所包涵的意義。所以，不需執著表象（受苦經歷）的本身，經歷是讓你能夠了悟生命真相的契機，都是 了你好，雖然表面往往是相反的。

Q：我愛我的妻子，可是，我覺得我們兩個人的性格都非常不同，該如何磨合呢？

A：相愛是容易的，難的是相處。畢竟是兩個完全不同的人長期在一起生活，你們當然需要一些學習、適應和磨合的過程。男女的思維非常不同，可是，不同的本身卻是生命的神來之筆，為我們在體驗生命的過程中提供了非常多姿多彩的教材和互補作用。

男女的不同並非一種缺陷，而是一種祝福。當你懂得包容和欣賞對方與自己的不同，不再把對錯和好壞的標籤貼在你們的不同之處，你們的生活反而會因為大家的不同而變得更有趣和豐富。

Q：我的心很想和老公一起，而我的想法卻不讓我這樣做，我的內心正在交戰。請問，我該如何取捨呢？

A：你覺得內心交戰是因為來自你頭腦的想法與你的心靈無法達成共識，這個時候，你更需要聽取內心給你的感覺，而非頭腦對你喋喋不休的對錯或好壞想法。不需抗拒、不需否認、不需恐懼、只需觀察，你只需不加批判地察覺自己的思想正在對你說甚麼，你會發現這些想法都只是來自恐懼的慣性反應。

當你習慣了這樣面對你的觀念，它們對你的束縛就會慢慢減少。嘗試多把注意力放在現在的每一刻，當下是一個思想不能進入的地方，在思想缺席的時候，你會更直接地感受和信任來自心靈的智慧。

Q：我經常在婚姻關係中感到受苦，究竟，生命的意義是了受苦嗎？

A：生命的真正意義是通過體驗生命的兩極性而明白生命原來是中性的本質，當你放下你的固有觀念而明白更多的生命真相，你便自由了，你便能夠回到自己內心的平衡點。生命的屬性不好不壞，亦不對不錯，成為一個覺知生命真相的人就是一個真正

自在無礙的人。生命是吾師，每個人都可以通過對生命經歷的覺知和內省，而回到自己充滿喜悅和滿足的本來狀態。

Q：我的丈夫在外面有了女生，我對這段婚姻感到很絕望，很想擺脫卻沒有勇氣。你可否給些我意見。

A：當你不知所措的時候，請不用急著決定甚麼，先給自己和對方多點時間和空間，盡量讓自己的心情平伏下來。除了生活和工作外，平時一個人的時候盡量讓自己跟隨感覺走。當負面想法出現的時候，不要追隨，也不要相信這些想法，因為，負面思想會像黑洞一樣把你整個人都捲進去，結果只會令你更迷失、恐懼和痛苦。

當你對關係感到絕望，你可能會選擇離開，離開往往是一個比較容易的決定，你甚至會因為能夠離開而感到一時之快。可是，如果你帶著怨恨和悲痛離開一個你還是愛著的人，你並不會因此而變得快樂，這樣，你的遭遇很可能還會在你的下一段婚姻再次出現。

如果你決定留下來，你會需要更多的勇氣，你的勇

氣來自你對你們還是相愛的基礎。你的選擇令你通過轉變自己的心境,而獲得更多面對人生考驗的機會,而你對自己和伴侶的愛會給你動機和動力,讓你靠自己的力量、有勇氣地在種種的考驗中繼續走下去。

有一天,你可能還是會決定離開,而你已經不同了,這次,你會不帶遺憾地離開,你甚至會快樂地離開,因為,你知道你們已經不再相愛,你明白,你們的緣分已盡,你只是在需要和願意放手的時候離開。

Q:我覺得你把婚姻看得很透切,想請教一下。雖然平時和丈夫沒有發生甚麼衝突,他也對我很好。雖然丈夫是我自己選擇的,但我對他卻漸漸失去了感覺。我很擔心以後的日子會變成一種慣性的模式,缺乏了激情和生命力。我真的不知道我能否這樣下去。

A:我覺得現在最重要的,是你要知道自己是否仍然愛你的丈夫。很多時候,有很多人因為在生活經歷中感到不快樂而以為自己已經不愛伴侶。其實,有些情況是,當事人只是被自己的思想矇騙了。因為建基於自己的對錯觀念,你認為你一直活在自己是受害者的故事角色當中,這樣,你會認為你可能已經不愛對方了。

要知道你是否還愛對方,你可以嘗試一些方法。例如,盡量投入地想像明天你將要與他永遠分離,此生不能再與他見面,然後,問問自己的心,你的感覺會是怎樣的?你究竟還愛他嗎?不要思考,真實的答案會在平靜的心境中自然浮現。

如果你確定你還愛對方,令你感受不到愛的原因往往並非你不愛丈夫,而只是對方不了解你的想法和需要,你們缺乏溝通和不懂相處而已。而這些問題,都可以通過學習而得以改善。

當你真的清楚自己的心,如果你發現原來你已經不愛對方,選擇放下這段感情反而是一種智慧和勇氣的表現。此時,請不必因為任何原因而執著於一段沒有相愛基礎的關係,而錯過了其他可能會讓你獲得真正幸福的緣分。

Q：你說的都很有道理，可是，如果男生需要經常令妻子活在戀愛的感覺之中，男生不會太累嗎？難道不用工作，不用賺錢，有情真的可以飲水飽嗎？

A：如果你為對方所付出，對你來說，都只是一些你認為是 了應付對方要求和需要的行為和技巧，你要經常想著要做甚麼和不做甚麼來討好對方，這樣的確是很累的，而且因為行為令對方感覺虛偽，也不能真的讓雙方獲得真正滿足。

而當你能夠把愛對方的意願轉化為心態的層次，一切都會變得自然和真實，而不再虛偽。重點不是你應該要做甚麼和做多少，而是隨心而做。你要做甚麼，甚麼時候做、做多少，將會完全取決於你當時的真實意願和心態。

你說的話和行為只是一些反映你當時希望表達的意思的形式，而非你認為你應該做、一定要做的事情，更不是 了應付甚麼。讓你的思言行成為一種感情的自然流露，讓自己投入和享受你對伴侶做每個行為，你便不會感到累，更不會影響你的工作，反而會讓你因為能夠令妻子經常感到快樂而令你感到更滿足和自信。

Q：我的丈夫在性方面無法滿足我，我該如何是好？

A：坦誠地把你的需要向丈夫表達，互相交流在性方面的心聲，不要以為丈夫必然會明白你的需求。要令丈夫對你著迷，你可以在適當時候，在態度、談吐、體態、打扮和行為等方面盡量性感一些，吸引丈夫對你的注意，挑起對方的性慾。男生是個容易被生理需要驅動的性別，生理的誘惑對男生來說是非常直接有效的。作為妻子，別再因為一些守舊的觀念，一些令你難以快樂的思想框框，而錯過了令夫妻能夠真正享受性滿足的機會。

Q：看到你說的每一句，都令我深深反思自己，事實要做到原諒他，包容他所有……真的不是易事。猜度、懷疑、小心眼……雖然大家都嘗試努力修好……最後雙方都變得好氣餒。二十年了，生活實在太安逸，因為對方貪玩而破壞了自己滿以為幸福而美滿的婚姻生活。現在每天都要受著虛幻的畫面困擾著，請你教我如何重拾對自己既信心和對他的信任。

A：不能放下是因為你一直執著自己是個受害者的想法，其實，你並非受害者，對方也並非加害人。人天天都在改變，這是唯一不變的真相。昨天的他

已經不是今天的他，只要你願意放下你對過去的他的執著想法，你才能真正看清今天的他是怎樣的，你才能真正接受今天和以後的他。如果你一直都不願意走出自己思想的困局，你便無法擺脫思想不斷讓你以為自己是個受害者的故事情節，令你持續陷入痛苦和怨恨情緒之中，你負面的狀態只會令你吸引更多與你狀態吻合的狀態，成為你的下一個現實，你明白嗎。

能夠與對方遇上，然後相愛，是緣分的牽引，是為你安排的人生課題。可能，對你最重要的人生功課正正是學習如何寬恕別人，所以你才需要通過這個人的某些行為來為你達成這個學習的目的。人生只是一場戲，目的是了讓你獲得一些令你心靈得以成長的經歷和體會。愛情，往往以最令人受苦的方式為我們提供這些學習教材，重點並非你經歷了甚麼，而是你如何看待經歷的心境和回應。

Q:我是個四十多歲，仍然單身的女生，我的條件其實不錯，不明白為何總是無法遇上合適的真命天子？

A：首先，你必須深入檢視和清除你對愛情的所有負面觀念，例如，我不值得被愛、我沒有生育能力是很難找到對象的、男生都不是個好東西、單身好男生太少了等等的想法。

此外，請放下一切你對未來伴侶應該如何的條件框框，例如，對方必須有錢、有事業、是香港人、比我聰明、身高多少、有共同價值觀、有相同宗教信仰、有品味、有學識、有幽默感等等。因為，與你真正有緣的人會被你的限制性思維阻擋，令他難以進入你的人生。

你根本無法知道，與你有緣的人是怎樣的，對方可能是個法國人、比你矮的人、收入和事業比你差的人、其貌不揚的人，當然，也有可能是個比你想像中還優秀的人，總之，很有可能與你一直所設定的理想對象的形象完全不同。

事實是，你無法知道真正與你有緣的人的條件如何，而你對愛情的負面觀念及對未來伴侶人的預設

想法，很可能會無形中把你與真實的有緣人隔開，令真正的緣分無法呈現自己。

嘗試放下一切的預設期望和框框，以開放的心態，信任內心的感覺，接受和探索一切的可能性，你便能夠自然地把有緣人吸引到你的身邊，令你有機會更深入瞭解在你眼前出現的這些人是否你的真命天子。

Q：我完全不了解男生的思想和心意。會不會因為我好缺乏安全感，所以才期望男朋友做多些我心中所期望的事情，令我覺得他是真的愛我呢？不過就算他達到我的期望以後，不知為何，我還是會擔心他我的心意……

A：我理解你擔心的心境，可是，擔心是一種負能量，你愈擔心愈容易吸引更多讓你擔心的事情發生，讓你更不開心和憂慮，對你的關係會造成破壞。不要在壓力下談戀愛，這樣不會有好結果的。嘗試多瞭解對方的想法，多點學習相處的方法，盡量做好自己，放鬆一點看結果，順其自然的心態才是最重要的。這樣，你才會成為一個更有自信、更開朗的人，一個快樂的你，便會發出更多的正能量。然後，你會讓你的男生感覺到你的改變，讓他覺得你更有吸引力。

愛情，是你的你根本逃不掉，不是你的你也爭不來。
何必擔心？

Q：我跟她雙方已各自有家庭及小朋友，但我們都出軌了。
大家的思想都很亂，也不知如何是好？

A：嘗試先放下你對感情關係的一切想法，包括責
任和對錯等觀念，只是用心、不帶批判地感受一下
你與對方和太太的關係。然後，問問自己的心，你
最希望和哪一個人在一起。違背自己的心做人，就
算全世界人都認為你做對了，對你來說，都只會是
一種折磨，因為你背叛了你自己，這才是天下間最
大的背叛。我對你如何選擇並沒有任何傾向，這完
全是你自己的選擇，只能由你自己決定。我想說的
是，你必須對自己的選擇負責，沒有人可以為你代
勞，因為這是你自己的人生。

每個人的人生都是獨特的，都有其原因和作用，都
是你給自己安排體驗人生某些面向的功課。所以，
不必把人生的經歷看成是對的還是錯的，好的還是
壞的，因為，一切的經歷，無論所謂負面還是正面
的，簡單還是複雜的，都是 了你好，都是 了你的
心靈成長。只要你能夠跳出思想的框框，通過轉換

角度看人生，你便可以在表面不完美的人生經歷中看到完美。你的心靈一直以令你感到喜悅和平靜的感覺指引著你，你感受不到心靈的呼喚，是因為你太相信來自頭腦的觀念和想法。只要你能夠放下頭腦種種想法的干擾，用心感受你的人生，你自然會知道如何為自己的人生作出最適合你的選擇。

Q：如果你的男人打你，出面還有其他女人，是不是都值得多謝他給予你寶貴的人生經驗呢？

A：人生所有的經歷，包括你現在認為是對或錯的經歷，都是有原因發生和對你有作用的。由你開始理解和相信這個真相開始，你的人生品質也會跟隨你對經歷的心態和視角的改變而轉變。知道了這個真相並不代表你必須盲目忍受別人對你的傷害，不是這個意思。如果你只是盲目忍受別人對你的虐待，那只是你不懂愛你自己的表現。明白了生命真相的分別是，當令你不快的經歷再次出現時，你便會察覺這是又一次讓你了解你自己狀態的機會，考驗在於你如何應對這次經歷。

你可能無法改變對方如何對待你，卻完全由你決定如何看待和回應這個經歷，不是嗎？你會發現，原

來你可以選擇以另一種角度回應每個經歷，包括一些你認為令你成為一個可憐的受害者的經歷。你的平靜和理解，會令你從內心感到豁達和釋懷，很可能，你回應這個經歷的出發點將會由以往的恐懼而變成理解、包容和愛。你發自內心的轉變，將會在你的磁場中反映出來，從而直接感染你身邊的人。

Q：愛真的沒有對錯嗎？無論另一半對我做了甚麼，都毋須負責，不必講道德嗎？

A：道德只是一些觀念，而這些觀念是會因人而異和不斷變化的。重要的是你對自己內心感受的忠誠，你是了自己而活的，每個人都只能對自己的人生和幸福負責，而你愛的人也同樣需要對自己的人生負責。沒有人可以長期依賴別人而活，也不能負責別人的人生。男女之間的愛情是一種不斷交流真實感受的關係，而非對錯、好壞等等觀念的產物，你無法通過觀念而領會何謂愛；愛，只能通過放下你對愛的固有觀念而被真實的感受到，愛只存在於你的感受裡面，難以言喻。

嘗試不帶條件地接受和忠於自己的感受吧，學習更多的愛你自己，你的自愛會令你充滿愛的能量，到

時候，你再不需要依賴別人給你的愛，也不渴望讓別人對你的人生負責，你便能夠活得獨立而快樂。

Q：多年來看你的貼文，作為對我不愉快婚姻的支持，亦多次看了以後嘗試跟對方和解。可惜，他並沒有真的聽進去，十多年來都是我在孤身走我路。家已不成家，大家都在計較，無人願意付出。我覺得，我們離分手只差一步。

A：我的感覺是，你把自己能否快樂的權力交給了另一個人 —— 你現在的伴侶，你能否快樂完全依賴於他如何對待你、做了甚麼或沒做甚麼，當對方沒有按你的想法和期望，你便會因此而失望和感到受苦。

其實，你並不需要等待對方改變，因為你根本無法改變對方。我給你的建議是，首先改變你自己的心態，嘗試無條件地接受現況，接受和包容對方的本來面目，而不只是接受你期望他成為的能夠想像中的人。你的伴侶只是扮演一面鏡子，讓你看到你自己的問題和黑暗面，所以，伴侶令你難以接受的問題其實都來自你自己一些不易被你察覺的部分，一些需要和等待你去發現、關注和療癒的內在傷口，一些你這一生需要面對和處理的人生功課。重點是，你要學習如何不再依賴外在因素而快樂起來，

你可以由愛你自己出發。當你能夠愛你自己,你便能重新掌控自己快樂的主動權,你便會因而改變你的磁場。那時候,如果你們之間還有緣分,你的改變將會影響對方,並會自然地把對方重新吸引過來。起碼,你的改變也會令你變得更清醒,令你能夠以平靜的心態重新選擇是否離開一個可能與你緣盡的人。

Q:多年前,由於自己不太喜歡打扮,性格被動內向,一直也沒遇上自己真正喜歡的人,後來,就和現在的男友一起了,經過多年的相處,我發覺他根本滿足不了我的需要。不過,既然都一起那麼久了,他也對我不錯,我不想對他說出我的真實感受,只能一直壓抑自己的情緒,令我經常大發脾氣⋯⋯

A:人生是你自己的人生,幸福也是你自己的幸福,自己的人生幸福只能由自己負責,不是嗎?何必壓抑自己的真實感受來迎合別人呢?就算你勉強被理智征服了,真實的你又能夠被壓抑多久呢?如果你打算一輩子壓抑自己,你會快樂嗎?你的快樂對你來說不重要嗎?除了你,世上還有誰能夠向你的快樂和幸福負責呢?

當你只聽從頭腦的所謂對與錯的分析行事,你已經被恐懼支配了,你以發自恐懼的行為來控制恐懼,只會讓你陷入更深的恐懼之中,令你持續受苦。當你能夠忠誠地跟著來自心靈的感受來做每個決定,你會感到發自內心的喜悅和自在。放下一切令你擔心的想法吧,嘗試凡事由心出發,讓來自內心的感覺給你導航,把注意力放在現在的每一刻,而不是對未來的種種憂慮,當你能夠處於這種心境,你便不再被自設的思想困局所捆綁,你便知道如何作出一個對自己最好的選擇。

Q:請問你結婚了嗎?有孩子了嗎?如果你也是過來人,相信會明白婚姻中有多少的無奈?!說道理是簡單的,要做到根本是兩回事,你說是嗎?

A:婚姻往往是最考驗人的人生功課,期間所受的苦其實是令你從中覺悟的契機。所以,不必責怪令你受苦的經歷,人生如果沒有受苦的感受,就不會產生掙脫苦的動機和力量。以前的我,和很多人一樣,經常抱怨婚姻和人生,總覺得在婚姻中苦多樂少。現在,我會對以往的經歷深深感恩,因為,過去的每一個令我受苦的片段,無論如何,目的都只是為了塑造現在的我,一個更懂得快樂和自在的

我。現在，我會更珍惜和享受與妻子相處的每個時刻，不管怎樣，我和妻子，甚至是我的孩子已經是自己內在轉變的最大受益人。也希望能夠把我的親身經歷和領悟與你和更多正在婚姻和人生受苦的人分享。

我結婚已二十年，有兩個孩子。我們的親身經歷活生生的讓我深信，夫妻，會通過生活的過程，互相給予對方各種充滿考驗的功課，令大家從中成長，我非常感謝我的妻子，感激我的人生。

後記

讀畢本書後，你可以順手把它扔在書架上，一輩子不再拿起。或者，你可以選擇——

♥ 偶爾再次重讀，因為每次翻看都可能有新發現，有不同層次的體會；

♥ 隨身攜帶，方便隨時查看，隨時和身邊人分享；

♥ 把書推薦給所有你喜歡的人，讓對方與你一起受益；

♥ 和朋友搞個分享會，共同討論書中的內容，讓各人對每個題目各抒己見；

♥ 圍繞本書的題目與身邊人作出討論，藉此加深彼此的想法和瞭解；

♥ 如果你從事的行業和兩性關係有關，不妨參考本書的看法，讓你對男女各方想法有多一點認知，學會多一點同理心。